꿈꾸는 사람들은 빠리로 떠난다

어느 영화감독의 프랑스 뒷골목 산책

꿈꾸는 사람들은
빠리로 떠난다

황규덕 지음

사과
나무

내일 지구의 종말이 온다 해도 오늘 한그루 사과나무를 심겠다 ─스피노자

꿈꾸는 사람들은 빠리로 떠난다

1판 1쇄 인쇄 1999년 6월 21일
1판 1쇄 발행 1999년 6월 25일

지은이 / 황규덕
펴낸곳 / 도서출판 사과나무
펴낸이 / 권정자
주소 / 서울 성북구 안암동 4가 41-3
등록 / 1996년 9월 30일(제11-123)
전화 / (02)927-4791

주문 전화 / (0344)978-3436
주문 팩스 / (0344)978-2835

값 6,500원

ⓒ 황규덕
ISBN 89-87162-22-2   03810

빠리 시절 내 인생은 가장 가난하였으며… 내 인생에서
가장 행복한 시절이었노라.

—헤밍웨이

빠리의 쓸쓸함을 함께 나누었던 사람

빠리에서 황규덕 감독을 만났던 일은 나에게 더없는 즐거움을
주었다. 우리의 만남은 〈나는 빠리의 택시운전사〉의 영화화 건으로
시작되었지만 그 일이 수포로 돌아간 뒤에도 우리는 이따금 만나곤
했다.

빠리의 거리들은 항상 활기에 차 있고 진열창들은 밝은 조명 아래
화려하지만, 오히려 그렇기 때문에 이방인들은 더욱 내면에서
우러나오는 쓸쓸함을 맛본다. 그 쓸쓸함을 함께 나누었다고나 할까?

그가 우리 집에서 시래기 된장찌개를 맛나게 먹던 모습은 지금도
나와 아내에게 아주 즐거운 추억으로 남아 있다. 빠리에서 시래기
된장찌개의 추억이라니…!

그는 나를 좋아했고 나 또한 그가 좋았다. 우리는 성격이 서로
다르다. 나는 내성적이고 소심한 데 비해 그는 활달하고 거침이 없어
그야말로 남성적이다. 뚝심도 있고 추진력도 있다. 아마 그와 같은
그의 성격이 어려운 여건을 무릅쓰고 영화를 할 수 있었던 제1의
조건이었을 것이다.

그와 나의 성격은 서로 다른데, 한 가지 닮은 점을 꼽을 수 있다.

그것은 계산을 싫어한다는 점이다. 즉, 인간 관계를 주판을 통해 보는 일을 거부한다는 것이다.

그러므로 오늘과 같은 시대에 그나 나나 '잘 살기=편안하게 살기'는 애당초 어려운 일인지 모른다. 그렇지만, 그와 나의 '잘 살기'는 '편안하게 살기'보다는 '올바르게 살기'라고 감히 말하고 싶다.

계속 빠리에 머물 것처럼 말했던 그가 훌쩍 떠났다. IMF의 찬바람 때문이었다. 직장을 찾았을까 걱정했는데 '영화 아카데미'의 교수가 되었다는 반가운 소식을 들었다. 그리고 이제 책을 출판하게 되었다는 소식을 듣게 되었다. 그것도 빠리의 이야기를. 정말 반갑다.

그는 떠났지만 대신 책이 나에게 다가오는 것이다. 언젠가 영화로 다가오기를 기대해본다.

1999년 6월 밤, 빠리의 교외에서

홍 세 화

차 례

제1장

뤽상부르그 공원 벤치에 앉아 프렌치 키스를 나누는 연인들.
비록 길거리나 진배없는 공원에서 백주 대낮에 키스를 하고 있지만,
여자의 표정은 어떤 영화의 어떤 여배우보다
순수하기 이를 데 없는 자아도취 그 자체였다.
즉, 지금 나는 너를 느끼고 싶고, 지금 네가 있기에 나는 행복해!
그 자체였다.
파트너의 얼굴을 만지작거리며 어떻게든지 자신의 느낌을
상대방과 나누려고 안간힘을 쓰고 있다.
그 평온함, 그 순수함이란!

백 투 더 퓨처

"**야!** 이건 정말 타임머신이구나!"

난생 처음 도착한 빠리 시내를 택시로 지나치며 터져나온 감탄사였다. 오페라 앞의 대로를 스쳐 지나갈 때였다. 물론 택시 속의 시선은 영화적으로 말해서 로우앵글(일상보다 낮은 각도의 시선)이다. 로우앵글은 피사체에 대한 심리적 위축감을 조성하는 기법이다.

어떻게 신축 건물 하나도 없이 중세의 석조 건축물들이 세월의 이끼 속에 그대로 버티고 있을까? 한마디로 유럽 문명권을 처음 대하며 완전히 주눅들어 버린 셈이다. 한방에 조선 남아의 기상이 묘연해지는 순간이었다.

그 앞에 버티고 서 있는 오페라극장의 위용은 거대한 헝겊 현수막 과는 차원을 달리하여 함성 없는 여유만만으로 '문화의 완전한 메카' 임을 뽐내고 있었다. 물론 그후 세월이 조금 흐르며 이 정도의 강렬한 주눅은 사라지게 되었지만……

길거리를 걷다보면 도처에서 발견하는 빠리라는 중세도시는 그 전체가 타임머신 세계라 해도 과장이 아닌 신기루이다.

이태리의 플로랑스, 일명 피렌체에 갔을 때이다. 물론 별 사전

지식도 없이 그저 관광객으로 갔었다. 도착 후 알았지만 피렌체는 중세 유럽의 종교 중심 시대를 종치고 인본주의를 기치로 근세 '르네상스 문명'을 전파시킨 '메디치' 상업가문이 자리잡았던 굉장한 역사의 도시이다. 이태리의 숨결이 숨쉬는 사랑하고픈 도시였다. 반면 이태리 수도 로마는 타락할 대로 타락하고 쇠할 대로 쇠한, 로마제국이 미처 자신의 추한 몰골을 잔해 처리도 못하고 막 내린 무대 같았다.

광란의 파티가 끝나면 파티장은 쓰레기터가 되기 마련이듯, 로마는 그것을 증명하려고 아직도 버티고 있는 것일까? 게다가 전세계에서 몰려온 수많은 젊은 방랑자들이 로마역 '터미누스(종점이란 뜻)'에서 술과 마약을 찾는 듯한 눈길들……. 이처럼 종점은 종점이었다.

그와는 대조적으로 플로랑스(피렌체)에 들어서면 골목길로 말들이 달리고 그 옆의 교회에선 파이프오르간 반주와 함께 성가 합창이 은은히 피어오르는 듯한 착각에 빠진다. 중세의 미풍이 불어온다. 석양녘 베치오 다리에 올라 도심을 흐르는 황금빛 강을 바라본다. 파바로티, 플라시도 도밍고, 카레라스의 선율들이 무엇을 주장하는지 느낄 것만 같다. 다가와서 메아리 치는 것 같다. 무심한 나 같은 이의 가슴속으로도…….

빠리의 세느 강을 따라 강변도로가 펼쳐진다. 우리의 한강에 비하면 실개천 정도인 세느 강, 우리의 88 올림픽대로에 비하면 길도 아닌 빠리의 강변도로. 그러나 가로등이 붉게 빛나는 밤 그 도로를 달리다

보면 양옆으론 수많은 중세 역사가 스쳐 지나간다.

고대부터 수많은 종교의 서식지였던 노트르담 성당 터, 루브르 왕궁(루브르 박물관), 자동차는 못 다니고 사람들만 걸어다니는 운치 있는 목조다리 뽕 데 쟈르(예술의 다리), 그 앞의 예술원 건물, 이집트 오벨리스크 밑에 단두대의 역사가 숨은 꽁꼬드 광장과 뛰를리 정원. 모든 것이 역사 속의 건축물 그대로이고, 그 사이에는 어떤 고층 철골 빌딩이 있을 수 없다.

그리고 밤이면 그 심미적 특성에 제각각 맞춘 조명이 신비함을 더욱 부각시킨다. 낯선 땅의 돌쇠인 나는 그 길을 스치며 멍하게 빨려 들어간다. 타임머신 세계 속으로—.

내가 훔쳐본 프렌치 키스

아침 8시부터 시작되는 어학학교의 강의를 위하여 집을 나서는
시각은 아침 7시 30분.

집을 나서면 우리 식으로 종묘라고 할 수 있는, 프랑스 역사의 큰
인물들만 안치된 빵떼옹이 눈앞에 다가오지만 마음은 헐레벌떡 반대편
방향으로 향한다. 이름하여 생 미셸 거리.

허둥대며 찻길을 건너면 우리의 김영삼 대통령이 국빈으로 방문하여
조깅했다는 뤽상부르그 공원이 도심의 녹지대를 이루고 있다. 이태리
피렌체 메디치 가문에서 프랑스로 시집온 여왕이 고향 생각하며
이태리식으로 만든 궁전이었건만 후일엔 나폴레옹이 집무했었고,
현재는 프랑스 상원 의사당으로 궁전을 사용하고 있단다.

그 궁전의 마당 뤽상부르그 공원을 가로질러 가야 어학학교가
나오기에 매일 의무적으로 그 공원을 뛰어간다. 그리고 정확히 네
시간이 지나면 수업 후 지칠 대로 지친 나는 다시 공원에 나타난다. 축
늘어진 모습으로 골 아픈 불어 단어를 외우며 반대방향으로 걷는다.
집을 향하여.

이때는 낮 12시 30분경. 그제서야 드넓은 공원 안 모습이 서서히 내

눈에 들어오기 시작하며 오만하게 보일 정도로 아름답게 가꾸어진 이 공원을 거니는 사람들이 보이기 시작한다. 자기 좋을 대로 끌고 다닐 수 있는 수천 개의 철제의자를 끌고 다니며 나름대로 독특한 휴식 공간을 창조하고, 숲속의 한켠에선 중국의 무술인 타이찌를 하는 사람들, 한켠의 잔디 공간엔 의자들로 울타리 치고 책을 읽는 사람들, 한켠에선 꼬마들이 조랑말을 타고, 또 다른 편에선 꼬마들의 놀이터가 펼쳐지고, 마리오네뜨 극장이 있고, 뻬땅크라는 당구공만한 구슬치기를 하는 배불뚝이 아저씨들. 탁구를 치는 사람들, 테니스를 치는 공간, 농구하는 흑인들, 분수대 연못을 빙 둘러 모형 요트를 띄우는 꼬마들……. 이런 평화스런 모습을 보고 걷노라면 분주하기만 한 한국의 일상과는 대조적이기에 은근히 질투가 난다.

이런 생각에 잠겨 걷고 있노라면 정말 열받게 하는 광경이 꼭 펼쳐진다. 그것은 키스신이다. 공원 여기저기엔 너희들 봐라는 듯 젊은 남녀의 키스신이 한창이다. 10초~20초짜리 키스신에 익숙했던 이 돌쇠에겐 참으로 신기하게도 끝이 없는 키스가 펼쳐지고 있다. 동방 예의지국에서 교육받은 나로선 참으로 낯뜨거운 장면일 수밖에. 처음엔 못 본 척 외면하며 지나칠 수밖에. 그러나 반복되면 호기심이 일기 마련이다.

그들의 키스신은 이렇다. 벤치에 남녀가 나란히 앉아서 어색하게 고개 돌리고 하는 키스는 본 적이 없다. 우선 의자에 앉아 있는 남자의 허벅지 위에 여자가 아예 올라타듯이 다리 벌리고 엉덩이 깔고 척 앉는다. 앉는 방향이야 당연히 남자의 얼굴 앞에 자신의 얼굴을 바짝 대게끔이다.

그런 노골적 자세를 갖춘 후 키스신은 연출된다. 물론 또 다른 자세도 있다. 그건 좀더 노골적이다. 벤치에 앉아 있는 남자는 여자를 벤치 위에 눕히고 그녀의 상체와 얼굴을 자신의 허벅지 위에 올려놓곤 내려다보며 키스신을 연출한다. 여기다 대고 남성상위니 여성상위니 하는 현학적 구분은 필요없다. 좋아서 그렇게 할 뿐이지 위 아래 규칙 따르는 게 인생이 아니니까!

거의 **99.9%**가 이 둘 중 하나를 선택한다. 백주 대낮에 그늘도 아니고 양지에서(프랑스인은 가급적 양지에서 직사광선을 쬐는 것을 아주 좋아한다) 오가는 사람들 다 보는 데서 이렇게 쩝쩝거린다.

처음 나는 그런 모습을 당연히 배운 대로, 아주 몰상식한 상놈 집안의 관습으로 여겼다. 그런데 이렇게 왔다갔다하는 동안 세월이 점점 흐르며 한국인다운 오기가 발동했다. 도대체 저 인간들은 저 자세로 키스를 얼마동안 하나 궁금해지기 시작했다.

나는 옆 벤치에 당당히 앉아 그런 그들의 키스신을, 초시계까진 동원하지 않았지만 길이를 재기로 마음먹었다. 상 - 노 - 무 - 자 - 식 - 들 - 얼 - 마 - 나 - 지 - 랄 - 인 - 지 - 한 - 번 - 보 - 자 -

나는 완전히 질리고 말았다. 심지어 어떤 젊은 커플들은 **30**분이

지나고 한시간이 지나도 그런 쩝쩝거림을 계속하고 있었다.

나는 새벽부터 설친 수업 덕분에 주린 배를 움켜쥐고 집으로 향할 수밖에 없었다. 라면에 밥을 말아 먹기 위하여.

그런데 이제부터가 심각한 이야기이다. 그런 호기심이 반복되며 나의 판단이 편견이었을 뿐이라는 것을 인정할 수밖에 없는 대단한 발견을 해버리고 말았다. 키스의 순간에 자신의 감정에 충실한 그들의 순수성을 보고야 만 것이다.

특히 내가 관찰한 것은 여자 쪽의 표정이었다. 비록 길거리나 진배없는 공원에서 백주 대낮에 키스를 하고 있지만, 그녀들의 표정은 어떤 영화의 어떤 여배우들보다 순수하기 이를 데 없는 자아도취 그 자체였다. 즉, 지금 나는 너를 느끼고 싶고, 지금 네가 있기에 나는 행복해! 그 자체였다. 그 평온함, 그 순수함이란 조금 과장하자면 천사같은 평화스런 표정! 남들이 오가며 모두 보고 있는데도 전혀 아랑곳하지 않고 파트너의 얼굴을 만지작거리며 어떻게든지 자신의 느낌을 상대방과 나누려고 안간힘을 쓰고 있다.

그래서일까? 빠리에선 오나가나 밤이나 낮이나 온갖 곳에서 남녀들이 키스에 열중하고 있다. 심지어는 남의 화장품가게 출입구를 막아서곤 둘이 껴안고 키스를 한참들 한다. 그러나 어느 가게 주인도 "장사하는데 지장 있으니 좀 사라져달라"고 부탁하는 것을 못 보았다. 우리라면 고래고래 고함지르며 그들을 쫓곤 아마 소금까지 뿌렸을 것이다. 침이나 안 뱉었으면 다행이겠지.

우리의 키스 문화는 어떤가? 지금 한국은 신세대, X세대라는
신조어로 젊은 층을 특화시켜주고 있지만 크게 변하지 않았다. 깊은 밤
깊은 공원에서 바스락거리든지, 여자친구를 집에 데려다준다고 밤늦은
뒷골목을 걷다가 가로등도 없고 의경과 방범도 오지 않을 구석에서
훔치듯 키스를 감행할 것이고, 여자는 깜짝 놀라 입술을 닦으며
"다음에 전화해─." 말하곤 후다닥 뛰어갈 것이다. 그러면 남자는
회심의 성취감에 빠져 휘파람 불며 집으로 돌아갈 것이다.

조금 더 터프한 커플들은 이럴 것이다. 밤늦게까지 술을 먹고 내친
김에 사랑을 고백할 것이고, 내친 김에 네온 껌벅거리는 둘만의
공간으로 상대방을 끌고 들어가…… 그 다음엔 키스를 할지 무엇을
할지 나도 모르겠다.

그래서인지 프랑스 빠리엔 주택가 골목골목 음침한 여관방이 있는
문화도 아니거니와 시내에만 깔린 호텔 앞에서 애인 손목 끌며
들어가자고 실랑이하는 취객 청년의 드높은 언성을 들어본 적이 없다.
그런만큼 프랑스의 젊은이들은 솔직한 느낌에 충실하며 밝고
개방적이라고나 할까?

골초 여성들

프랑스에서 담배 한 갑은 평균 4400원 정도이다.

우리와 비교하면 실로 어마어마하다. 이유는 정부의 세금. 그래선지 프랑스 남자들은 담배를 끊는 경우도 많다. 하지만 기본적으로 프랑스인들은 골초들이며, 이런 현상은 여자들이 더 심각하다. 한마디로 프랑스의 흡연 여성들은 굉장한 골초들이다.

길거리에서건 지하철 플랫폼에서건 사무실 책상에서건 까페에서건 줄기차게 피워대는 여성들. 저 가냘픈 몸에 저렇게 담배 피워대면 뼈나 삭지 않을까 걱정될 정도이다.

심지어는 아주 예외였지만 밤늦은 시간, 지하철 객차 안에서도 자리에 앉아 담배를 피우는 소녀를 본 적도 있다. 어느 누구도 담배 끄라고 눈총 주는 사람은 없었다.

"흡연자 중에서 여자들이 남자보다도 더 골초인가?"를 프랑스 친구에게 물어본 적이 있다. 흔히 스트레스를 많이 받는 사람들이 골초라고 생각한다면, 프랑스 여성들은 스트레스를 많이 받으며 살고 있다는 논리가 되어야 하는데, 내가 보기엔 프랑스란 나라는 한국에 비해 기본적으로 스트레스가 많을 나라로 보이지 않으니, 궁금하여 던진 질문이었다.

그의 대답은 이색적이며 수긍할 만한 대답이었다.

"우리나라 여자들은 굉장히 정서가 날카롭고, 예민하다. 한마디로
신경질적인 성격이기에 그것을 다스리기 위해서(가라앉히기 위해서)
담배를 즐기는 것이다."

그 논리에는 나도 동감하고 싶다. 정말이지 프랑스 사람들은 말이
많다. 미리 준비한 결론 한두 마디를 한다기보다는 결론이 어디로
갈지도 모른 채 일단 상대방과 이 얘기, 저 얘기를 나누다보면 결론이
나겠지, 라는 식이라고나 할까? 하여간 과묵한 성격의 우리로선
감당하기 어려울 정도로 말도 많고, 생각도 많다.

이러한 현상 뒤에는 정서적 불안감이나 도사리고 있는 것은
아닐까— 하는 상상이 스쳤던 적이 한두 번이 아니었다. 특히 은행,
관공서, 학교 등에서 프랑스 여성들을 마주칠 때 느끼는 것은 굉장히
자아도취적이고, 자기중심적이다. 그렇기에 필요 이상으로
공격적이고, 필요 이상으로 방어적이다.

물론 겉으로는 친절하고 상냥하기야 우리하곤 비교가 안될 정도로
정중하고, 예절을 갖추었지만 본론으로 들어가 약간이라도 견해가
상충되면 거의 신경질적인 반응을 보인다. 자기 생각이 맞는다는
것이고, 거기에 대해서 수정을 가하기란 여간 힘든 것이 아니다.

그래서 내린 결론. '뼈대있는 문명의 그림자에서 태어난 후예들이

갖는 자아도취적 싸이코 성향.

　그리고 그것을 남자보다 여자가 다스리기 힘든가 보다. 그러기에 담배를 꼬나무나 보다. 한 개비에 220원짜리 비싼 담배를.

저 왜소한 체격이 정복 민족이라구?

내가 아는 것만으로도 프랑스는 100년 전쟁, 보불전쟁, 1차 세계대전, 2차 세계대전 등 수많은 전쟁을 치렀다. 그리고 그들은 나폴레옹의 혁명 깃발 아래 전 유럽을 해방하려 한 엄청난 정복 민족이다. 그런 만큼 그들의 몸매는 우람하고 당찰 것으로 상상했었다. 선입견으로! 적어도 그들은 우리보다 고기를 많이 먹는 서양사람들 아닌가?

그러나 막상 스쳐 지나가는 그들의 체구는 나의 선입견에 전혀 어울리지 않는다. 물론 몸매야 남자 여자 따질 것 없이 쭉쭉 뻗은 게 그들의 특징이다. 허나 그 연약함이란 그야말로 조선 주먹 한방이면 곡소리 날 정도로 가냘프게 보인다. 쉬운 말로 근육질도 아니고, 통뼈도 아닌 민족 같다. 보기 좋게 쭉 뻗었을 뿐이지.

게다가 내가 보기론 평균 신장도 우리의 평균치보다 결코 크지도 않게 보인다. 어떤 이들은 켈트족의 신장이 왜소하다는 데 그 이유를 둔다. 특히 놀이터에 가서 프랑스 꼬마들 몸매를 보면 가관이다. 우리 같으면 시어머니나 친정어머니가 애 말려 죽인다고 녹용 먹이고, 인삼 먹이고, 응급조치를 당연히 취했을 정도로 가냘프다. 한 마디로 홀쭉이와 뚱뚱이를 연상하면 된다. 서울의 아이들은 아동 비만을 걱정하는 뚱뚱이고 빠리의 아이들은 타고난 홀쭉이들이다. 땅의 기가 다르기 때문일까?

녹용 먹여 건장하게(?) 키운 애 손을 잡고 서울의 학부형 어머니가 빠리에 관광 온다. 그분이 어린이 놀이터에 애를 데려가서 놀게 한다면, 단번에 심한 혼란에 빠질 것이다.

"우리 애만 삼겹살이구나!"

그래도 빠리의 꼬마들은 잘들 논다. 그래도 프랑스의 국민은 유명한 정복 민족이다. 그래서 내가 얻은 결론 하나!

프랑스는 몸으로 힘으로 정복 민족이 된 것이 아니라, 지혜로 머리로 정복 민족이 되었다는 것이다. 이집트를 정복하여 피라미드 속에서 미라가 들어 있는 석관을 가져오고 오벨리스크 돌덩어리를 가져와도 힘으로, 악으로, 깡으로 가져온 것이 아니리란 생각이 들었다. 정복된 땅의 근육질들을 노예나 하인으로 사용했을 것이고, 그들을 잘 다스렸을 것이고, 과학문명의 지혜로 실어 날랐을 것이다. 우리처럼 '하면 된다'는 구호 속에서 현역병들의 눈총 속에 방위병들만 죽기 아니면 까무라치기로 노가다해서 들고 올 민족이 아니다.

매년 7월 중순에 열리는 프랑스혁명 기념일에 프랑스 군인들 열병식을 구경한 적이 있었다. 개선문을 출발하여 대통령의 집무처인 엘리제궁까지 샹젤리제 거리를 따라 펼쳐지는 연례 행사였다.

이때 열병식을 대기중인 군인들의 모습을 바로 코앞에서 볼 수 있었다. 식민지 지배의 역사가 유구해서인지, 외인부대를 만든 나라답게 오만잡색 다양한 군복의 군인들이 대기하고 있었다. 심지어 어떤 부대는 총 대신 도끼를 들고 있었다. 그들의 눈매는 우리의 국군만큼 부리부리하지도 않았거니와 몸매와 신장도 놀랄 정도로 작았다. 그들은 대열 속에서 잡담중이었고, 심지어 하사관들은 대열 앞에서 삼삼오오 모여 담배를 피우고 있었다. 한 마디로 자유스런 분위기였다.

우악스럽게 먹고 힘으로 내리누르는 것만이 '정복 민족의 갈길'은 아닌가 보다.

찐 고구마

빠리에 도착하여 길거리를 걷다보면 놀라는 것도 많지만,
그중 어이없는 것은 길거리 보도블록 위를 나뒹구는 허연 담배
꽁초들과 우리를 반기는 찐 고구마(?)들.

　빠리의 길거리에선 남녀 흡연가들이 담배를 피운 후 꽁초를
길바닥으로 휙 던진다. 그러면 그것들이 나뒹굴다가 청소부가
정기적으로 틀어놓는 청소용 물세례를 받곤 하수도로 사라진다.
말끔히.

　거리의 쓰레기통은 큰 것, 작은 것 다양하게 비치되어 있지만 그것은
다른 쓰레기를 위한 것이고, 담배꽁초를 그런 쓰레기통에 버리는
사람은 아무도 없다. 하던 버릇이라 나도 처음엔 담배를 비벼 끄곤
두리번거려 쓰레기통 안에 버렸지만, 이렇게 혼자 별난 짓 계속하다간
경찰 아저씨가 부르지나 않을까 하는 근심이 생겨났다. 그게 오히려
경범죄라고.

　그후론 나도 보란 듯이 꽁초를 길거리 아무데나 씽씽 던졌다. 그
쾌감이란! 금지되었던 것을 해보는 상쾌함이란! 거리에 꽁초를
내던지는 이유를 물어본 바는 안타깝게도 없다. 하지만 이 돌쇠의

추측은 이렇다. 프랑스는 담배 값이 무척 비싼 만큼 피우던 담배는 길거리에 던져버려야 뒤따르던 거지 아저씨들이 깨끗하고 긴 꽁초를 골라 피울 것 아니냐? 뭐 대충 이런 억측이다.

가령 우리의 의경 일개 중대만 이곳에 쫙 풀어놓으면 전화번호부 두께만큼 딱지를 뗄 수 있을 정도이다. 그뿐인가. 횡단보도 앞의 사람들은 교통신호 같은 건 아예 안 지킨다. 차만 없으면 그냥 유유히 횡단한다. 우리 식으론 불법횡단이건만 건너 뛴 후 쥐새끼처럼 사라지는 사람은 한 명도 본 적이 없다. 그 이유야 간단하다. 프랑스 도로교통법은 무조건 사람이 우선이란다. 횡단보도 아닌 곳을 횡단하다가 사고나도 사람이 우선이다. 우리가 보기엔 아찔한 무법천지인데도 신기하게도 길거리에 피 흘리며 나뒹구는 사람을 볼 기회가 없었다.

이제 길거리의 찐 고구마 이야기로 들어가 보자.

빠리의 거리를 땅만 보고 걸을 수는 없는 노릇이다. 우선은 양반 체면에 거지처럼 뭐 주우려 한다고 오해받기 싫고, 그보다는 빠리 전체가 관광지요 사방에 깔린 게 볼거리인데 시선을 땅바닥에 두고 찐 고구마만 피해 다닐 수는 없다. 그런 순간 아찔함이 발바닥을 타고 온몸에 전해져온다.

"이런, 제기랄!" 이게 바로 '메흐드(merde)'이다. 그 단어 뜻은 다름 아닌 '똥'이란 것이다. 개똥을 밟은 것이다. 원시시대엔 존재했겠지만 지금 현대인에겐 잊혀졌던 아득한 감촉 같은 것이 발밑에 지그시 전해지는 역사적 순간이라니! 그것도 고향 시골집 담벼락 아래서가 아니라 선진 문명국 프랑스의 수도, 빠리 한복판에서 개똥을 밟다니!

심지어는 비명을 지르는 한국 여성도 있었다. "엄마야—."란 비명을 지른 후, 꺼이꺼이 울던 것으로 기억한다. 몹시도 서러웠나 보다. 머나먼 객지 땅에서 별 수모를 다 겪으니!

그러길 몇번. 지내놓고 생각하면 개똥 밟는 것도 빠리에서 즐길 수 있는 독특한 관광거리일 수 있다. 왜냐하면 서울엔 없는 것이기에!

프랑스 친구들에게 들어보면, 그들은 우리처럼 개를 집 대문 옆 개집에 묶어놓고, 사람이 드나들 때마다 반갑다고 멍멍— 달라붙는 개나 강아지를 귀찮다고 발길로 뻥 차고 사람만 집으로 후다닥 들어가는 문명권이 아닌 듯하다.

쉽게 설명하자면 기본적으로 개를 집에서 묶어놓지 않거니와 하루 온종일 주인과 같이 돌아다닌다. 택시 기사가 돈 벌려고 택시를 몰고 다녀도 충견은 조수석에 앉아 뒷좌석의 손님들을 뜯어보며 벙글거리고 있고, 주인이 까페에 커피 마시러 나가도 따라나서 커피 향을 맡는다. 심지어는 개와 주인이 한 이불 덮고 같이 잔다고 한다.

이 정도가 되면 개가 개가 아닌 것이다. 사람의 상전 노릇을 하는 것이다. 그러니 상전이 길거리에 뒤 좀 본들 창피할 것도 없지 않겠는가.

좀 진지하게 말하자면 프랑스에서는 태어나 유아교육을 받을 때부터 동물에 대한 무한한 호기심과 애정을 느끼게끔 정서구조를 발달시키나 보다. 좀더 넓게 말하자면 생명체에 대한 호기심과 애정을 듬뿍 느끼게끔 태어난 민족인 것 같다.

프랑스 회사 어떤 젊은 여사장의 집무실. 그 책상 위에 놓여 있는 사진 한 장. 슬그머니 다가가 본다. 애인 내지 남편, 혹은 자신의 애들 사진이려니……. 아니면 남자 배우사진?

사진을 들여다보고 난 깜짝 놀랐다. 말 한 마리의 얼굴이었다. 승마 강습을 취미삼아 즐겨 받는 그녀 자신이 좋아하는 말이란다. 세상에! 애들도 아니고, 어른이 사무실 책상 위에 말 사진을 올려놓고 음미한다니!

정말 알 수 없는 관습의 차이이다.

빠리의 석양녘.

음침한 골목길을 걷고 있었다. 앞서 걷던 30대의 젊은 남녀 한 쌍. 그들이 갑자기 걸음을 멈추고 어쩔 줄 몰라했다. 어차피 걷던 방향이 같은 나는 다가서며 바라본다.

어둠이 내리는 뒷골목 길바닥을 훑어본다. 홀로 배회하는 주인 잃은 강아지 한 마리. 빠리 생활을 좀 했기에, 가던 발걸음 멈춰선 그들의 심정이 뭔지 알 것만 같다. 동화되어야 할 문화(?)적 의무감을 느끼건만, 순간 나는 나의 주제를 깨닫는다.

그 강아지야 보나마나 그들을 따라가서 융숭한 대접을 받겠지만, 나는 뭔가? 빠리의 뒷골목을 헤매고 있는 나야말로 강아지보다 못한 에뜨랑제인데…….

아땅씨옹!

빠리에 온 지 얼마 안 되었을 때의 일이다.

낯선 거리의 횡단보도를 건널 때였다. 어디선가 "아땅씨옹!"이란 외침이 들렸다. '고요한 아침의 나라' 우리 한국보다 훨씬 조용한 나라구나! 느끼기 시작할 무렵이요, 어학학교에서 불어공부를 걸음마하고 있던 무렵이었다.

"아땅씨옹!"이란 외침이 들리자 나의 뇌리는 갑자기 복잡해지기 시작했다. 무슨 뜻인가 하며 큰골 속의 내 불어 단어장을 잽싸게 뒤적거린다.

'조심, 주의'란 뜻이구나, 그러니까 "조심해!"란 뜻이구나. 다시 큰골 속 다른 파일에 들어 있을 비상 상황 분석도를 돌려본다. "길거리에서 닥칠 수 있는 '조심해'란 상황은 여러 위기상황 중에서도 강도가 나타났거나, 살인 자동차가 나타났거나 뭐 그런 것이다" 라고 기록되어 있다. 물론 당시 나에게 저장된 버전은 한국판이었다.

나는 객지에서 화를 당하고 싶지 않았기에 순간 방위병 출신답게 민첩하게 사주경계를 한다. 여차하면 튈 준비(방위할 준비)를 갖추고.

그러나 아무리 두리번거려 보았자 조심해야 할 상황이 보이지 않았다. 내 맞은편에서 다가오던 할머니는 상기한 눈빛이었고, 그 눈빛으로 보아선 그 할머니가 "아땅씨옹!"을 부르짖은 장본인인 듯한데―.

그 할머니의 시선을 따라가 본다. 그 시선이 멈춘 곳은 나와 나란히 걷고 있는 아주머니의 유모차였고, 그 속의 갓난아이를 향한 것이었다. 순간 맞은편에서 나를 향해 걸어오던 횡단보도상의 사람들은 미처 못 볼 수도 있었던 유모차의 행차를 위하여 바닷물이 갈라지듯이 길을 비워주었다.

그러자 유모차를 끌던 여자는 웃으며 "메-ㅎ-씨"라고 감사의 뜻을 표했고, 할머니는 그 갓난애를 향한 미소인가를 방긋 보이곤 사라졌다. 나도 사라졌다. "뭐 이렇게 싱거운 아땅씨옹이 있나."

몇달이 지나고 나는 또 놀랐다.

프랑스에서 박사학위 논문을 마무리짓고 있는 고교 동창생 친구를 만난 것은 즐거운 일이었다. 그가 프랑스로 떠난 후 7~8년간 한번도 못 보고 있었는데 이렇게 빠리에서 만난 것이었다. 말이 유학생이지 프랑스에서 공부하는 한국 학생들은 정말 가난하다. 모르는 이들의 선입견으론 사치와 풍요의 도시에서 흥겨운 생활을 할 것 같지만 그들은 항상 외롭고 가난하다.

그와 지하철에서 헤어질 때 유모차에 태운 어린 딸과 부부의 뒷모습을 보며 괜히 마음이 무거웠다. 이때 그의 부인은 지하철 창구 직원에게 다가가서 뭔가 짧게 불어로 말하자 지하철 직원이 웃으며 나오더니 플랫폼으로 향한 대문 같은 유리문을 열쇠로 열어주는 것이었다. 그러자 그 부부는 아주 당연하단 듯이 당당하게 유리문을 열고 유모차를 끌고 들어갔다. 마치 귀빈이나 되는 듯이.

나는 사라지는 그들에게 손을 흔들며, 가벼운 마음으로 계단을 걸어 올랐다. 나의 뒤로는 그 유리문이 닫히는 소리가 들리는 듯했다.

"아— 빠리 생활은 저렇게 하는 거구나. 짠밥은 무서워."

빠리에서 자동차 타기

지금부터 20여 년 전 우리나라에 굴러 다니는 승용차들은 모두가 '포니'요 '맵시'였던 시절. 그만큼 자동차 산업이 단순했던 시절이 있었다.

더 오래 전 내가 어릴 때, 시골 역 앞에서 마중 나온 할머니 따라서 드럼통 우그러뜨려 만든 시발택시 타고 할아버지 댁으로 향하던 시절이 있었다. 내 기억으론 시발택시에는 건장한 청년이 조수로 올라타 있었던 것 같다.

그후 한국은 대단히 변했다. 요즘이야 그 많은 승용차의 이름 및 특성을 어떻게 소비자들이 일일이 알고 차를 사겠나 싶을 정도로 한국의 자동차 시장은 팽창되어 있다. 수준 있는 국민들은 1~2년에 한번씩 새모델의 차를 바꿔야만 시대에 발맞추는 것으로 자부하게끔 세상이 흘러가고 있다. 그렇게 변했다.

유럽의 수도라 불리는 빠리의 길거리에 세워진 차들을 보면 그다지 놀랄 게 없다. 어차피 차를 살 수 있는 팔자가 아니라서 내가 무관심한 것은 아니다. 새롭다는 면에서는 별로 느낄 게 없다는 말이다. 미국,

일본, 이태리, 소련, 영국, 독일, 말레이시아, 한국, 프랑스에서
생산된 차들이 즐비하게 서 있다.

　그만큼 우리 한국의 자동차산업이 세계시장의 경쟁 대열을 열심히
따라가고 있다는 말도 될 것이고, 반대로 뒤집어서 과장 좀 하면,
우리의 자동차산업이 그들과 어깨를 나란히 할 수준에 도달한
모양이다. 적어도 겉모양은 그렇다. 그래서 나는 만나는 한국
사람들에게 유럽 차와 한국 차의 차이점을 묻는다. 그들의 대답은
한결같다. 두 가지 면에서 유럽 차의 장점이 있다는 것이다.

　첫째, 유럽의 휘발유 승용차는 10만 킬로미터를 넘어야 제 성능을
발휘할 정도로 견고하게 엔진과 차체가 만들어졌다는 것이다. 솔직히
말해서 그동안 우리 한국의 차는 4~5만 킬로미터를 넘게 주행하면
거의 중년의 턱을 넘어 노병 취급을 받아온 게 사실이다.

　역시 유럽 차라고 인정할까? 말까?

　둘째, 유럽은 소형차 위주의 문화를 유지한다. 살 만큼 살지만 큰
차는 애용하지 않는다. 휘발유 값이 비싸서인지, 중세에 형성된
도시의 길이 좁아서인지, 이쪽도 축소지향적 민족인지 더더욱 나는
모르겠다.

　하여간 유럽의 승용차들은 소형차까지도 견고성이 뛰어나다.
유럽인들은 고속도로에 올라서면 소형차까지도 굉장한 속도로 달린다.
그들은 놀랄 정도로 고속도로에선 속도광들이다. 거의 시속 160

킬로미터 정도로 고속주행한다. 너나 나나 개나 소나 팡팡 달린다. 사고를 염려하면 그렇게 달릴 수 없으련만, 소형차로 그렇게들 달린다.

그래서 나는 오다가다 길거리에 세워진 소형차들을 두드려본다. 손가락으로 톡! 톡! 그러면 뭔가 확실히 좀 딱딱한 철판 소리인 것도 같은데……. 소형차를 몰며 대형사고를 한번 낼 용기가 없어서 그냥 한번 두드려 보았을 뿐이다. 하여간 차체 구조도 조금 더 견고하겠지, 라고 생각하면서!

빠리의 거리에 세워진 차들을 보면서 내가 느낀 가장 확실한 점은 대부분이 거지 차라는 점이다. 물론 고급 오피스 지역에 세워둔 차들은 버스같이 크고 광이 번쩍번쩍 나지만, 대부분의 대중이 타고 다니는 차들은 거지 차 치고도 상거지들이 타고 다니는 차이다.

앞 유리창에 금이 쩍! 가 있는 차, 누가 유리창을 깨었는지 골판지로 막고 누런 장판 테이프를 덕지덕지 바른 차. 용감무쌍하게도 양쪽 백미러가 죄다 없는 차, 범퍼가 아예 없는 앞니 빠진 차. 심지어 바퀴는 누가 가져갔는지 땅바닥에 괴어놓은 차. 뒷시트는 아예 없는 차가 있나 하면, 시트라곤 운전석 하나만 덜렁 있는 승용차. 집도 없는 거지가 타고 다니는지 뒷자리에 이불과 냄비와 구두가 쌓여 있고……. 각양각색이다. 이런 차들을 기웃거리며 신기하여 살펴보면 백발백중 카세트 라디오는 없고 그 빈 구멍만 휑하다.

그래서 그런지 10년 이상 된 승용차 주인이 새차를 뽑으려면 정부에서 보조금을 준단다. 우리 돈으로 70만원에서 150만원 수준이다. 하여간 별별 나라도 다 있다.

　우리와 이들의 자동차 문화를 비교하는 것은 이처럼 힘든 일이다. 뭐라고 한가지 관점에서 왈가왈부할 문제가 아니다. 그러나 한가지 분명한 점은, 우리는 자동차를 부리는 것이 아니라 자동차의 노예가 되어 있다는 것이다.

　그리고 옛친구를 너무 쉽게 버린다.

자꾸만 보고 싶네

이태리 나폴리의 기차역.

폼페이를 가려면 그곳에서 조그마한 기차로 갈아타야 한다. 자그마한 교외선이라서 그런지, 이태리라서 그런지, 기차는 연착을 해도 한참 연착하고 있었다. 이태리는 그런 나라인 것 같다. 시끄럽게 떠드는 역무원과 어슬렁거리는 호텔 안내꾼의 거친 목소리도 그렇고, 뭔가를 영어로 물어보면 "자식아 그런 거 나한테 왜 물어보냐?"는 듯 인상쓰며 이태리어로 마구 뱉는 말투도 그렇고.

좀 나중에 일어났던 먼저 일을 말하자면, 기껏 기다려 올라탄 폼페이행 기차는 한참 가다가 좀 있으려니 거꾸로 가고 있었다. 세상에 별일이 다 있었다. 손님 싣고 가던 기차가 한참 가다가 다시 거꾸로 가다니! 순간 내가 피곤하여 방향감각을 잃었나, 하고 한참을 어리둥절했다. 더 기가 막힌 것은 어느 누구도 기차 안의 안내원(여객전무)에게 왜 그러냐고 질문을 던지지 않고 있다. 다반사인가 보다.

그 나폴리 역에서의 일이었다. 한참 기다리다 지친 나는 담배를 물었고, 한 모금을 빨자 갑자기 목마름을 느꼈다. 순간 무의식결에 걸음은 역 안 스탠드 까페로 향했고 짧은 영어 한마디로 어렵게 커피를 주문했다. 순간 내 앞에 내밀어진 커피잔은 간장 종지만했다.

'야, 목말라 죽겠는데 이렇게 조그만 커피를 마시나—.'

한모금 마시는 순간 입 안은 커피죽 내지 커피즙이 돌아다니는 것 같다. 목 안이 더 답답해졌다. 인상쓰며 나올 수밖에.

유럽인들이 즐기는 커피는 그랬다. 에스프레소! 그에 반해 우리가 즐기는 커피는 미국식이다. 당연한 역사 흐름 속에서 6.25때부터 미국의 식문화가 우리에게 들어왔고 그런 식으로 우리의 식문화도 변했겠지. 이렇듯 유럽과 우리는 아직까지 상당히 이질적이었다.

빠리 시내 몇몇 관광지를 가면 노상에서 초상화를 그려주는 화가들이 눈에 뜨인다. 그들은 당연히 서양인이고 손님들도 대개 서양인이다. 그런 와중에 동양 관광객이 자신을 그려달라고 얼굴을 내밀면 아마도 그 화가는 한참 동안 관찰할 것이고, 그런 후 조금은 황당한 표정으로 그리기 시작할 것이다. 먹고 살자고 그리는 그림이지만 도대체 대상물이 황당하기 때문이다. 코는 낮고, 눈은 쭉 찢어졌고, 입은 두툼하고 게다가 얼굴의 입체감도 얇고—.

그렇다. 우리는 동양인이다. 서양인들이 보면 이해하기 힘든 존재들이다. 그러기에 아직도 서양의 백인들은 거리를 거니는 동양인들을 보면 신기함을 몰래 감추며, 그들이 어떻게 자신의 문화 속에서 살아가나 관찰한다. 물론 상냥한 미소도 지으며.

그들이 중국인(chinois), 일본인(japonais)이란 단어를 뱉을 땐 아주 묘한 감정을 실어서 발음한다. 묘한 향기가 실려오는 것 같다. 한국인(coréen)은 그 다음으로 자리잡은 미지의 땅이나 되는지……. 언급을 회피하겠다.

그런데 적어도 내가 본 유럽사회에선 그런 호기심과 상냥함이 흑인들에겐 해당되지 않는다. 그것은 흑인에 대한 예우가 아니기 때문이다. 흑인들은 백인 역사의 노예사냥과 식민지배 시대의 역사를 거친 후 이미 유럽문명권 카테고리 안에 함께 들어와 있다. 직계가족은 아니지만 같은 식솔은 된 모양이다. 지하철 안의 흑인 엄마는 아들 흑인 꼬마와 불어로 이야기를 나눈다.

심지어 어떤 무식한 이태리 학생은 어학학교에서 내게 물었다. 너희 나라에도 글이 있느냐? 고. 나는 대답했다. 우리는 우리의 독특한 말과 글을 갖고 있고, 이렇게 쓴다고 '한글'을 써 보여준다. 그애는 깜짝 놀란다. 자기들처럼 알파벳 a,b,c도 없이 어떻게 글자가 이루어질 수 있느냐고. 세상에!

이렇게 다르기에 동양인들을 호시탐탐 노리는 이들이 있다. 거리에서, 까페에서, 지하철에서. 그건 간첩이 아니라 소매치기들. 말이 워낙 다르니 불어를 할 리 없고, 게다가 동양인은 현찰을 많이 갖고 다니는 문명인(?)이니 별달리 신경쓸 필요 없는 좋은 먹이감이 되는 것이다.

막말로 빠리 지하철에서 이태리어로 "도둑이야!"라고 고함질러도 아마 대충 뜻이 통할 것이다. 그리고 이태리인들은 손쉽게 불어를 배울 수도 있다. 적어도 우리보단 열 배 쉽게.

그러나 빠리 지하철에서 우리 말로 "도둑이야!" 해보았자 웃기는 자장면 되는 것은 우리! 게다가 불어 좀 해보았자, 그 순간 단어가 잘 떠오르지도 않거니와 그 묘한 억양과 발음이 되지 않을 걸 생각하면 미리부터 난감해지고 만다. 그러니 유럽의 소매치기들은 어제도 오늘도 내일도 동양인들을 노리는 것이다. 그들은 노래부를 것이다.

"한 번 보고, 두 번 보고, 자꾸만 보고 싶네."

콧대 높은 빠리지앙

초, 중, 고교시절, 전교 조회니 학급 조회니 하는 행사들이
정기적으로 있었다.

그뿐인가 초등학교 3학년 즈음엔 새로 발표된 국민교육헌장을
끝까지 못 외운다고 몽둥이매도 며칠 동안 줄기차게 맞았다. 그
해결책은 더욱 가관이었다. 어린 마음을 정통으로 멍들이는
짓거리들이 자행되었다. 그것도 군대 아닌 교육현장에서.

국민교육헌장이 녹음된 레코드판을 담임에게 돈 주고 사는 아이는
그 몽둥이매에서 해방되는 특권이 베풀어졌다. 끝까지 외우건 못
외우건 상관없이.

바로 그 시절, '관광한국'이란 말을 귀따갑게 들었다. 당시 박정희
대통령의 관광한국 이념은 대충 이런 것이었다.

길거리에서 마주치는 외국인에게 친절하게 인사하고, 영어도 열심히
배워서 반만년 한국민의 유구한 전통문화를 잘 설명하여 주자. 그들은
우리에게 찬탄할 것이고, 덕분에 여러 외국인들이 덩달아 한국을
방문할 것이다.

그러면 외화도 벌고, 한국의 선진화를 위해선 공업화도 중요하지만

최첨단 서비스업인 3차 산업, 관광업을 확장해야 한다.

해서 당시의 중고등학생들은 조회시간에 교장 선생님, 담임 선생님으로부터 관광한국의 이념을 귀따갑게 들어왔다. 그리하여 시커먼 교복에 빡빡머리들은 하교길에 외국인을 만나면 괜히 죄인처럼 고개를 수그리고 지나가든지, 아니면 되지도 않는 콩글리쉬로 쏼라쏼라 떠들었다. 상대방이야 이해를 못하는 것이 당연했겠지만. 지금 생각하면 정말 코미디 같은 일이었다.

프랑스는 어떤가.

그들이 외국인을 대하는 태도는 정말이지 오만불손하기 이를 데 없다. 알고 있는 영어도 하지 않는다. "나한테 말하려면 프랑스말로 해라"는 태도가 역력하다.

외국인 상대방이 영어로 질문을 하면 그 말을 이해하면서도 불어로 대답한다. 프랑스 말을 못하면 한마디로 바보취급 한다. 그리고 더욱 기가 막힌 것은 외국인 관광객들이 프랑스법을 모를 때도 가차없이 프랑스인의 위법사항과 마찬가지로 처리한다.

빠리의 관광 중심지를 잇는 1호선 지하철역 구간과 샤를르 드골공항역에는 하루종일 지하철 단속반이 상주하고 있다. 일종의 함정단속을 행하고 있는 것이고, 그 망에 걸리는 사람들은 거의 외국인들이다. 외국인이기에 몰라서 승차권 매입을 소홀히 한 행위도 자국민의 불법과 똑같이 처벌을 한다.

그러기에 그 지하철역엔 단속반에 걸린 외국인들이 되지도 않는 불어를 하려고 진땀을 뺀다. 그 관광객이 영어로 떠들어보았자 단속반들은 귀찮은 듯 귀기울이려 하지도 않는다. 단속반은 여권이란 뜻의 '파스포흐(passeport)'라는 말만 되풀이할 뿐이다. 벌금을 내야 하니 여권이나 빨리 내란 뜻이다.

오랜 역사 속에 드넓은 식민지 땅을 거느렸던 대국다운 오만함이다. 그럼에도 불구하고 빠리는 오늘도 여전히 외국인들로 바글거린다. 특히 에펠탑 앞엔 100%.

분명히 뭔가 볼 것이 있기에 굴욕감을 참고 세계 각국에서 관광객들이 모여들고 있다. 관광국이 되려면 이 정도는 되어야 할 것 같다. 하여간 빠리에서는 외국인에게 과잉친절은 전혀 없다.

제2장

프랑스말로 외국인은 '에뜨랑제' 이다.
이 말의 사전적인 의미는 '낯선 것들' 이라는 뜻이다.
프랑스에 살다보면 이 말이 심히 듣기 싫어진다.
'외국 사람' 이란 뜻도 아니다.
'낯선 것들' 이다.
뭔가 자기네와 다른 이상한 것들이란 오만함조차 풍겨온다.

유럽문명의 시작은 어디인가?

영국을 간다. 도버해협을 넘자마자 신사의 나라답지 않게
관광객들을 모조리 버스에서 내리라 한다. 줄서 들어간 입국
사무실에서 여권 검사 및 방문 목적을 꼬치꼬치 캐묻는다. 이럴 줄
알았으면 안 왔을 텐데……. 그 오만함. 하지만 돌아서자니 눈앞은
망망대해.

　해서 나는 학교에서 배웠지만 까먹은 영어를 구사하며 아니꼽지만
대답한다. 불어할랴 영어할랴, 더-러-버-서-몬-살-겠-데-이-.

　그러면 그들의 오만한 웃음이 꽝! 스탬프를 여권 위에 찍는다.
그들의 오만함을 보기 위해 대영박물관에 간다. 입구를 들어서면
아무리 둘러보아도 입장권 사는 창구가 보이지 않는다. 두리번
두리번거리다가 문을 경비하는 경찰인 듯한 사람에게 다가간다.
물어보면 입장료가 아예 없다는 소리. 역시 大자가 붙은 영국은
다른가?

　안을 둘러본다. 깜짝 놀라게시리 남의 나라의 엄청 큰 유물
덩어리들을 통째로 들고 왔다. 그들이 정복한 약소국가들의 조상묘 및
사당을 통째로 들고 온 셈이다. 막말로 보태자면 완전 도굴품

전시장이다. 기가 막힐 노릇이었다.

프랑스로 가보자.

루브르 박물관. 그 큰 박물관을 들어간 지 1시간만에 나와버리는 나의 후배도 있었다. 나오면서 소감 한마디, "좋긴 좋군요." 그가 뭘 느꼈는지는 난 솔직히 모르겠다. 창 밖으로 보이는 빠리 도심의 세련된 상가 모습과 그 앞의 세느 강이나 보고 나왔는지 모를 일이다.

프랑스는 그래도 좀 낫다. 그리스 로마 문명의 예술작품을 주로 들고 온 듯하다. 도굴품과 예술품이 어떻게 다르냐고 나에게 묻는다면 솔직히 나는 대답할 수 없다. 영국과 프랑스의 박물관을 직접 가서 비교하는 수밖에……. 어쩌면 내가 실수했을지도 모른다. 각실의 전시품에 걸맞게 정교하게 단장된 전시실 분위기에 취해서 헛것을 보았을지도 모른다.

하여간 프랑스는 정교하고, 영리한 민족인 것 같다. 루브르 왕궁이라는 전체적 느낌은 고수하면서도, 한편으로는 이집트관, 이태리관, 프랑스관, 그리스관 등에 걸맞게 나름대로 차별적인 전시관 분위기를 잘도 창안했다. 입구의 유리 피라미드가 어쩌구 저쩌구 하는데 솔직히 난 그저 상징적 의미로 이해할 뿐이다. 다른 문명의 커다란 흐름과 의미를 일단 음미한 후, 나름대로 재해석, 흡수하려는 민첩함을 상징한다고나 할까.

이태리 피렌체로 가본다.

그곳은 중세의 암흑을 무너뜨린 르네상스 문명의 발상지이다. 메디치 상업 가문이 빚어낸 서양사의 큰 획이다. 피렌체의 우피찌 박물관! 정교하다기보다는 우람한 요새의 느낌이 드는 건물을 들어선다. 창 밖으로 백인 문명의 고향 같은 마을 풍경이 황톳빛으로 펼쳐진다. 실내의 일직선 복도를 따라 양옆의 전시관을 훑고 있으면 어지럽다.

왜 그럴까를 생각해 본다. 전시관의 벽면에 붙어 있는 그림들이 너무 많기 때문이다. 대대로 내려온 부잣집 가세가 기울어져 작은 집에 이사가면 그럴까? 짐들이 이곳저곳에 널려 있고, 각종 액자들을 주렁주렁 달아놓는 식으로 정리할 수밖에 없듯이.

그렇다. 프랑스의 루브르 박물관과 이태리 피렌체 박물관의 차이는 이것이다. 정교하게 치장된 공간 내에서 전시물들이 한껏 멋을 부리고 있는 것이 프랑스 루브르라면, 소박하게 내버려둔 공간에 너무 많은 진품들이 너저분하게 걸려 있는 것이 피렌체 우피찌이다. 이보다 훨씬 대충대충 쌓아놓은 박물관을 로마에서 본 적도 있다.

너무도 힘들게 찾아 들어간 그 박물관은 거의 창고였다. 이태리인 주민에게 바로 코앞에서 지도까지 보여주며 그 박물관 위치를 물어보아도 그들은 고개만 주억거릴 뿐 어디인지 모른다고들 했다.

30분 넘게 지도책을 들고 돌아다녔지만 결국은 원래의 위치로 돌아오곤 했다. 그 한켠에 쓰러질 듯한 대문이 있었다. 그것이 박물관

입구였다. 내가 만난 이태리인들은 박물관 담장 밑에서도 그 박물관을 모르고 있었다. 정말이지 불가사의한 이태리인들이다. 깨어 있는지 잠자고 있는지 헤아리기조차 어려운 상태라고나 할까.

그런데 이태리의 박물관에서 만나게 된 전시품들은 무언의 기(氣)를 발하고 있는 듯했다. 좀더 유럽의 원형질에 접근한 듯한 느낌.

연대로 보나, 표현기법으로 보나 흙 내음이 물씬 풍기고, 문명의 뿌리로 내려가고 있는 듯한 느낌. 나는 프랑스 루브르에선 그런 기운을 못 느꼈다.

이제 꼭 가보고 싶은 곳이 그리스이다. 나의 뿌리는 아니지만, 유럽 문명권의 뿌리를 한번쯤은 정확히 느끼고 싶기 때문이다. 이태리 반도에서 잠시 꽃피웠다간 망각의 늪으로 사라진 로마문명의 원형은 그리스에서 전파된 것이리라. 전파되며 어떻게 변형되었는가를 느껴보고 싶다. 이러다 보면 어디까지 가야 할까……

그러기 전에 〈그리스 로마 신화〉를 제대로 한번 읽어야 할 텐데!

교장 아저씨, 아줌마 시장님

하나는 내가 본 광경이고, 하나는 내가 들은 이야기이다.

빠리의 한 초등학교 앞. 가까스로 찾아온 번지이지만 그 어디에도 무슨 초등학교라는 명판이 없다. 한국인 부부가 자녀를 프랑스 학교에 입학시키기 위해서 학교에 왔다.

물론 미리 그 구역 구청에서 입학 절차를 밟은 후였다. 찾아간 학교는 마치 조그마한 수도원처럼 옛 건물이었고, 교문 역시 개인 집의 문처럼 작고 낡은 채 정겹게 다가왔다. 초인종을 누른다. 수위인 듯한 아줌마에게 용건을 말하면 대문이 열린다. 단골 식당 아줌마 같은 수수한 옷차림의 수위 아줌마와, 조그마한 마당에서 쓰레기를 줍는 늙은 노인의 모습뿐. 적막하다.

자세한 방문 이유를 수위 아줌마한테 서툰 불어로 밝힌다. 그러자 그녀는 마당 한켠에 있던 그 아저씨를 부른다. 호칭도 '베르나르 아저씨'. 개구쟁이같이 생긴 그 아저씨는 멀뚱멀뚱한 표정으로 다가온다. 그러더니 호쾌하게 손을 뻗어 악수를 청한다. 그런 후 그는 말한다. 오늘 오실 줄 알았다고. 구역 구청에서 공문을 받았다고. 자신은 영어를 잘 못하지만 자녀분의 담임 선생님이 될 분은

여선생님인데 영어, 이태리어, 포르투갈어를 모두 구사할 수 있는
분이니 답답하면 담임선생과 영어로 말하셔도 된다고.

그렇게 천천히— 아주 천천히 불어를 또박또박 말하는 그의 손에는
운동장에서 주운 휴지가 가득하다. 그는 넥타이 같은 건 매지도 않고
있었다. 마치 시인처럼, 농부처럼, 구멍가게 아저씨처럼.

그의 얼굴에서는 그 어떠한 권위의식 같은 것도 느낄 수 없었다.
그리고 그의 양복바지는 너무 짧아서 양말 발목이 다 보였다. 양복
바지에서는 다리미질이 만들었을 빳빳함은 흔적도 볼 수 없었다.
포도주를 잘 마시게 생긴 그 아저씨는 그 학교의 교장 선생님이셨다!

한국의 방송팀이 비행기를 타고 유럽까지 날아왔다. 막중한 임무를
띠고! 테마는 모범 지방자치단체에 대한 취재.

프랑스의 모범 자치 지역에 대한 소개 및 그 사령관인 민선 시장님을
만나러 왔단다. 그들은 영어도 불어도 잘 못하는 것으로 보아서 어떻게
나름대로 후보지역을 선정했는지 신기했지만 무언가 이유가 있어
선정해 왔을 것이다.

그리고 그 지역 시청의 홍보관을 통하여 시장님과의 인터뷰를 청해
놓는다. 시청에 들어선다. 약속시간보다 조금 일찍 도착한 취재팀이
시청 주차장에 차를 세워놓고 랑데부(약속) 시간을 기다리고 있었다.
이때 시청으로 들어오는 프라이드만한 소형 승용차 한 대.

문이 열리면 웬 할머니 같은 중년 여성이 내리고, 그녀는 단번에 낯선 동양인 취재팀을 발견하곤 다가와서 묻는다. 당신들이 꼬레에서 온 방송팀이냐고. 그렇다고 하니 그녀는 들어가자고 한다.

그녀를 따라 건물로 들어서는 취재팀. 근무중이던 수위는 그냥 웃으며 그녀에게 "봉주르 마담"이라고 할 뿐 고개 숙인 인사도 없고, 경례는 더 더욱 없다. 그녀는 어떤 방 앞에 서며 자신의 가방에서 열쇠를 꺼내 문을 열고, 취재팀을 들어오라고 한다.

그냥 시큰둥한 표정으로 따라 들어가는 취재팀. 그녀를 시장님의 늙은 충견(비서)쯤으로 생각한다.

이윽고 그녀가 손을 내밀며 취재팀 모두에게 악수를 청한다. 다소 어이가 없지만 이것도 예의라고 생각하며 악수에 응해주는 취재팀. 이윽고 취재팀에게 자리(커다란 소파가 아니고, 조그마한 의자임)를 권하는 그 늙은 여자. 취재를 시작하자고 한다. 벙 찌는 취재팀들. 시장님이 오셔야 취재를 시작할 것이 아닌가! 취재팀의 통역은 서울 손님의 요청에 의하여 통역해 준다. "시장님은 언제 오시냐?"고.

어리둥절함을 웃음으로 띄우며 그녀는 상냥히 말한다. "내가 이곳의 시장입니다." 포복 졸도하는 취재팀들.

프랑스의 지방자치 주민이 뽑은 시장님은 비서도 없었고, 그녀의 승용차는 프라이드급이었다. 대형 승용차도 아니고 중형급도 못되었다.

선진국 프랑스에서도 잘사는 지역의 시장님이 그래서야 되겠는가. 사무실을 열쇠 따고 들어와 혼자 근무한단다.

나중에 알게 된 일이지만 그녀는 시장님이실 뿐 아니라, 이 지역에서 개업 의사로 일하는 분이셨다.

혜택받은 노가다

사람은 좋은 땅에 태어나고 볼 일이다.

프랑스에 가서 책가방 들고 학생이랍시고 왔다갔다 하는 것이 나의 일상이었다.

어느 날 수채화 풍경 같던 세브르 기차역에 대대적인 플랫폼 개조 작업이 시작되었다. 덕분에 기차표 안 내고 무임승차할 수도 있었겠지만 주민들의 표정은 다소 무뚝뚝해졌다. 새만 울던 역사에 불도저의 굉음으로 가득하니…… 갑자기 머리가 어지러울 정도로 역사(驛舍)는 시끌벅적해져 버렸다.

내심 나에게 떠오르는 단어 하나! 조용한 회심의 미소가 흘러 나왔다. 이름하여 '노가다'.

서울에서 나는 노가다를 한 적이 있었다. 프랑스로 떠나기 얼마 전이었던가. 이래저래 마음이 싱숭생숭하고 수중에 돈이 없던 차 까짓것 하고 덤벼보았다. 목표는 일주일간이었지만 3일을 뛰고 그야말로 때려치웠다. 그러나 나에겐 커다란 경험이었다. '당신의 인생이 무료하거나 신이 주신 하루하루에 대한 성취감을 황혼녘에 진솔하게 느끼고 싶다면, 화가 밀레의 만종을 바라보며 음미하지 말고,

노가다를 하시라. 노가다야말로 딱소리 나는 정답이다.'

첫날 새벽 6시.

노가다 알선소에 도착하여 주민등록증을 제출하고 의자에 앉았다.
"황규덕!" "네!"라는 대답과 함께 이미 그려진 현장 약도가 손에
쥐어졌다. "어차피 하루 때우는 건데—."

서서히 하늘 보며 걸어가니 한옥집 한채. 혼자서 자그마한 마당으로
들어선다. 신축중인 문간방에 기름 보일러를 놓기 위해서 콘크리트
마당을 대각선 방향으로 흙이 나올 때까지 파헤치라는 지시사항.
까짓거!

그렇게 하루가 시작되었다. 황당한 곡괭이질과 오함마질 속에
석양이 되었다. 드디어 황혼. 5만 원을 받는다. 그 귀한 돈을 세어
보려는데 양 손가락 열 개가 모두 얼얼하다. 아니 얼얼하다 못해 마디
마디가 똑똑거린다. 그러니 돈을 셀 수 없었다. 옷을 갈아입고
사무실로 간다. 입회비 2만 원과 오늘 치에 대한 공제금 5천 원을
떼고나니 2만5천 원이 된다. 사무실을 나선다. 인부들이 왜 삼겹살을
먹는지 알 것만 같다. 눈앞에 삼겹살이 오락가락거린다. 그래서 나는
친구와 삼겹살 집으로 향했다.

둘째날 새벽 6시. 도착하여 주민증을 제출한다. 조금 눈에 익은 공간
너머로 텔레비전 화면이 보인다. 그걸 본다. 아침 방송은 저렇게
포맷팅하는 거구나. 실로 오랜 만에 아침 TV를 본다.

계속 인부들의 이름이 호명된다. 아침 8시 20분, 사무실은 썰렁한데 아직도 내 이름은 호명이 안되고 있다. 드디어 사무장이며 사장인 그이는 책상에서 일어난다. "자, 내일 또 봅시다."

그날 나는 공쳤다. 오기로라도 내일 또 나갈까? 온몸이 욱씬 거리는데 더 몸 상하지 말고 때려치울까? 하지만 힘들게 결정한다. '내일도 나오자, 하지만 현장 가서 또 곡괭이와 함마질이면 도망치자. 그짓만은 도저히 힘들어 못하겠지만 다른 건 하자. 배워서 남 주나.'

셋째날. 어쩐 일인지 나는 제일 먼저 호명된 5명의 조에 속했다. 십장 같은 이가 직접 우리를 끌고 계단을 내려가자 길거리에 세워져 있는 승용차 한 대. 다 썩은 승용차 운전석에 탄 십장이 외친다. "빨리 타." 우리 중 누군가가 말한다. "다섯 명인데요. 자리가 모자라잖아요." 인상 쓰며 십장은 말한다. "야, 너 돼지가 앞에 타면 되잖아."

순간 나는 그의 손가락 방향을 좇는다. 다행히 '나'였다. "빨리 타."

돼지였던 덕에 나는 넓게 앞에 앉아 면목동까지 새벽 드라이브를 즐겼다. 다른 전우들은 비좁게 4명이 뒷좌석에 끼여 앉아 장거리 여행을 해야 했지만.

누구 하나 어디로 가는지, 무슨 일을 하는지 묻지 않는다. 모두 고개 숙이고 잠을 청한다.

우리가 내린 곳은 도산한 커다란 가죽옷 공장. 굳게 닫힌 공장 정문 앞은 주민들이 몰래 갖다버린 온갖 쓰레기들이 산더미. 들어서면

마당은 집어던져 깨진 집기, 기계, 그리고 피혁 쪼가리, 원단 등이
그득하다. 5층짜리 공장의 창문을 통하여 채권자들 혹은 농성중이던
공장 노동자들이 던져버렸으리라. 키높이만큼 쌓여 있다.

그리고 어두컴컴한 공장 안은 깨진 유리파편들과 헝겊 쪼가리,
스티로폼 조각, 합판 조각들로 뒤엉켜 있다. 십장은 설명한다. 오늘
당신들은 이것만 깨끗이 마당 밖으로 밀어내면 된다고. 지하 1층부터
지상 4층까지. 오늘 잘한 사람은 내일까지 이 일을 할 거라고, 내일은
점심에 삼겹살 파티할 거라고. 우리 중에 누군가가 묻는다. 이 건물 뭐
할 거냐고. 십장은 대답한다. 예식장으로 개조할 거라고. 그날 우리는
각자에게 지급된 삽자루 하나로 해치웠다.

석양녘 몸을 씻으며 코를 풀어본다. 가래를 뱉어본다. 온통
시꺼멓다 . 문어 먹물처럼, 새 깡통 뜯은 검정색 인쇄잉크처럼. 그래도
나는 약국 가서 내 돈 주고 마스크까지 사서 끼었는데 다른 사람들은
그나마 돈이 아까운지 마스크도 끼지 않고 일했다. 그날 십장은 5천
원을 더 주었다. 5만5천 원.

5천 원은 조합에 내야 한다. 우리의 노가다는 그랬다.

세브르역(쉘브르역이 아님)의 노가다. 미소를 머금고 바라본
프랑스의 노가다. 그것은 한마디로 '너 알아서 일하라'는 식의
노가다가 아니었다. 힘으로 하는 것이 아니었다.

철판을 들어도 그 일을 정작 노가다하는 것은 기계였다. 벽돌을 나르더라도 노가다하는 것은 인간 노가다가 아니었다. 기계 노가다였다. 인간 노가다는 무전기를 들고 기계 작동자에게 지시를 내릴 뿐이었다. 콘크리트를 배합하는 것도 인간 노가다의 삽질이 아니었고, 자그마한 기계였다.

그것을 바라보는 나는 정말 미칠 지경이었다. 야, 애네들은 정말 노가다까지 우리랑 다르구나.

우리는 어떤가? 고려시대에 영주 부석사 짓던 노가다와 20세기말 연립주택 짓는 노가다가 얼마나 달라졌을까? 물론 레미콘이니 조립식 주택이니 알미늄 샷시니 달라졌을 것이다. 그렇다면 그것 중 우리가 자체 개발한 기계가 얼마나 있을까? 일하는 사람을 돕기 위한 기계를 우리의 필요와 각성 속에서 우리가 고안하여 우리가 사용하는 것이 몇개나 될까? 화가 치밀 수밖에 없었다.

얼마 전 서울의 종로 3가 3호선 지하철 플랫폼 공간에서 푸른 제복의 청소 아줌마가 쓰레기통을 비우는 것을 보았다. 아줌마는 아예 그 커다란 플라스틱 쓰레기통 속에 들어가더니, 쌓인 쓰레기 더미 위에서 자신의 두발로 제자리걸음을 하며 쓰레기의 부피를 줄이고 있었다. 그것도 인파들이 북적거리는 역의 플랫폼에서—. 참으로 대조적인 두 개의 플랫폼 풍경이었다.

그후 보도블록을 깔던 날의 세브르역. 새로 깔려고 배열이 끝난

보도블록 위를 두드리는 것은 인간 노가다의 고무 망치질이 아니었다. 직육면체로 생긴 자그마한 '다지는 기계'의 진동이 보도블록을 그 아래의 모래와 접착시킨다. 저러니 비가 와도 보도블록은 단단히 고정되어 있나 보다.

서울 생각이 난다. 비올 때 조금 서둘러 걷다보면 여지없이 튀어오르던 보도블록 사이의 흙탕물 세례. 찍― 찍―. 그놈의 깨어진 보도블록들. '미더덕 씹을 때도 입 속에서 찍찍거리는데 그까짓 바짓가랑이에 빗물 좀 튄다고 드럽게 찍찍거리네!'

셀프서비스 노가다

土요일은 공휴일이다. 직장이 쉬는 날.

친한 친구의 도움으로 끼루투라는 기계장비 대여점을 찾아가 본다.
내가 대여받고자 하는 기계는 '두 바퀴 수레'였다.

이사를 하고자 하는데 새집과 헌집의 사이는 500미터 정도로 너무
가까운 반면, 새집과 헌집 앞은 번화가로서 주차가 문제될 것 같았다.
그렇다고 이삿짐 차와 인부를 불러서 신속히 해결하기엔 경제적
여력이 없고······.

유학생들은 그렇다. 항상 돈이 없기 마련. 그런 끝에 생각해낸 것이
두 바퀴 수레. 유학생의 짐은 조그마한 박스요 프랑스에서 장롱,
피아노 등의 무거운 짐을 지고 사는 유학생은 없을 것이다. 어차피
유랑생활이니까.

이름도 이상한 '악마의 계단'을 빌리고자 한다고 말하니, 점원은
컴퓨터를 두드린다. 그러더니 주말이라 자신의 대리점에는 없고,
이곳에서 가까운 본사 창고에는 있다고 한다.

그곳에 가니 그들의 창고는 가관이었다. 커다란 창고와 그
앞마당에는 온갖 기계장비들이 대여를 기다리고 있다. 기중기 같은

덩치에서부터 내가 찾는 두발 수레까지 별별 기계들이 즐비하다. 접수
창구에 가서 신청을 하는 사람들의 대열을 본다. 여자부터 직장인인
듯한 넥타이 아저씨까지 다양하다.

그런데 그들 중 진짜 노가다같이 보이는 사람은 거의 없다. 대충 내
귀에 들리는 바로는 "집의 현관 대리석을 깨끗이 닦으려는데 어떤
기계를 가져가야 하는가? 세제는 무엇을 쓰나? 기계는 어떻게
작동시키냐?" 뭐 대충 그런 것이었다.

어느 누구도 프로패셔널 노가다 같지 않았다. 이렇게 이들은 주말을
이용하여 바캉스도 가지만, 주말을 이용하여 자신의 집을 직접
수선하나 보다.

빠리 시내와 도심 주변에는 대형 슈퍼마켓 체인점들이 있다.
그곳에선 콜라, 사이다, 쇠고기를 파는 것이 아니라, 나무선반, 철제
선반, 페인트, 니스, 조립식 원목책상, 조립식 책장, 수도꼭지, 못,
나사 및 자동차 냉각수, 에어필터, 오일필터 등등을 판다. 대형
슈퍼마켓보다 오히려 더 깨끗하게 인테리어 되어 있다.

우리도 청계천 일대를 돌아다니며 한참을 기웃거리며 "아저씨 뭐
있어요?"를 거듭하다보면 살 수는 있을 것이다. 그러나 우리에겐
평범한 생활인을 위한 종합 자가 수선용품 매장이 없다. 아니 어쩌면
우리에겐 필요 없을지도 모른다. 주말에 팔 걷어붙이고 자기 집을 직접
수리하는 사람은 일꾼을 쓸 수 없을 만큼 가난한 사람밖에는 없을

테니까.

그것은 무엇을 뜻하는 것일까? 살 만한 사람들은 일하기를 싫어한다는 것인가, 아니면 잡일할 한가한 시간이 없는 분주한 문화 속에 살고 있다는 말인가.

하긴 우리의 선비들이 이렇게 말한 적도 있었다니까!

"어허, 저렇게 힘든 일을 왜 지가 직접 하노. 머슴 불러서 하라카지."

백인 선교사들이 즐기는 테니스 운동을 보곤, 조선조 말기에 한 선비께서 하신 말씀이란다.

낯선 곳의 에뜨랑제

한국에서 전화가 왔다. 방송국에서.

나는 그 방송사의 편성국을 위하여 통신원 일을 하고 있었다. 내가 하는 일이란 간단하면서도 복잡하다. 좋은 점은 불어공부도, 방송프로 분석공부도 실컷 할 수 있다는 점이다.

그 일이란 이런 것이다. 우선 케이블을 가입 신청하여 나의 텔레비전에 접속시킨다. 그러면 20여 개의 채널을 통하여 프랑스, 영국, 이태리 및 다국적 채널이 마구 쏟아져 들어온다. 그것들을 보다가 뭔가 신선한 포맷의 프로그램들을 녹화하여 한국의 그 방송사에 차곡차곡 보내주면 되는 일이다. 귀찮다면 귀찮은 일이지만 방송 영상도 공부하려는 욕심이 있는 나에게는 더 없는 쾌재의 돈벌이였다. 그날 걸려온 전화는 간단했다.

"요즘 프랑스, 대통령 선거철이잖아요. 캠페인 시작했죠? 보시다가 그거 나오면 좀 녹화해서 보내주세요."

"네. 걱정 마십시오."

전화를 끊고 생각하니 나는 프랑스에 대통령 선거가 다가온 것조차 모르고 있었다. 전혀!

그날부터 2주 정도 주시했건만 선거에 대한 방송물이 나타나질 않을 뿐 아니라, 정말 대통령 선거가 있을 것인지조차 감 잡기 힘들었다. 한마디로 선거의 열기를 TV에서 접할 수 없었다. 참으로 별난 곳이군 생각하며 프랑스에 오래 산 친구에게 전화하니 약 두 달 뒤에 대통령 선거가 있을 거란다. 정작 프랑스 TV에선 선거 열기가 없건만 한국은 민첩하게도 그 열기를 상상하고 있었다.

그후 슬슬 TV가 선거를 취급하기 시작했다. 우선 각 정치인과 똑같이 생긴 인형들이 펼치는 시사풍자 인형극이 후보 지명전을 우화적으로 묘사하면서 정치를 희화하는 것을 기점으로 슬슬 TV 속의 선거 열기가 지펴지기 시작했다. 그리곤 후보 지명이 결정되었는지 각 정당이 제작하여 방송사에 제출한 비디오클립 모듬회(옴니버스 스타일)가 방송되기 시작한다. 선거 캠페인이 시작된 것이다.

그것을 보는 것은 참으로 재미있었다. 각당은 자신의 후보를 TV 화면 위에 이미지업 하기 위해서 별별 시각 효과를 다 사용하고 있었다. 화장품 선전처럼, 농약 선전처럼, 마치 영화보러 극장갔을 때 덤으로 본 근처 예식장 선전처럼. 혹은 중국집 선전처럼 친근하고 다정스럽고 촌스러웠다. 국민교육헌장 속의 문구처럼 정치를 항상 무겁게, 엄숙하고, 근엄하게 접근하는 우리의 선거풍토에 비하면 땅냄새, 땀냄새 풍기는 인간스러움이란!

심지어 어떤 선거특집 프로는 각 정당후보들 중 당선 가능성이 높은 후보들만을 몇몇 추려서 그들의 비정치적 영역의 인간적 단편만을 모았다. 시청자인 유권자들에게 또 새로운 재미거리를 제공하고 있었다. 주로 예전의 방송촬영 N.G.장면을 재편집했다. 예를 들면 각 후보들의 밥 먹는 모습, 차를 타다가 옷이 문짝에 끼이는 모습, 대중 집회시 각자의 독특한 제스처, 코후비는 모습, 재채기하는 모습, 졸고 있는 모습 등등. 이런 과정을 거치며 점점 선거의 열기는 상승하고 있었다.

드디어 선거유세. 각 후보들의 정치적 야망과 비전이 TV에 펼쳐지기 시작했다. 발라뒤이건 시라크건 조스빵이건 모두 비슷했다. 이름조차 기억하기 싫은 극우파의 후보자는 더욱 엄청난 말을 했다. 프랑스의 실업이 무척 심각하다는 것이고, 프랑스의 재건을 위해서 실업을 해결해야 한다는 우렁찬 함성이었다.

"정말 프랑스는 실업문제가 심각하구나. 자식들! 노는 놈들한테 실업수당을 팍팍 주니 여차해서 마음에 안 들면 회사에 사표를 멋지게 던지겠지. 게다가 회사 입장에서 보면 그렇게 정부가 세금 많이 뜯어가니, 사람 고용해서 생산 늘릴 재미가 있겠나? 누구 말마따나 외국에 공장 짓는 게 낫지."라며 내 마음대로 훈수도 두어 본다.

어느새 극우파 후보 2명의 TV 유세가 시작되었다. 아니나 다를까 그들의 목소리는 독특하게 우렁차고, 논리는 자신감에 넘친다. "지금 우리의 실업문제는 외국인 노동자 때문이다. 그들이 우리나라에서 불법노동을 하고 있고, 또한 취업 체류증을 얻어서 합법적으로 노동을 하고 있기에 우리 국민은 일을 하고 싶어도 취업을 못하고 있다. 그러니 외국인 노동자들을 자기 나라로 되돌려 보내야 한다."는 그들의 말이 내게는 '외국인은 가라'로 들렸다.

프랑스말로 외국인은 '에뜨랑제'이다. 이 말의 사전적인 의미는 '낯선 것들'이라는 뜻이다. 프랑스에 살다보면 이 말이 심히 듣기 싫어진다. '외국 사람'이란 뜻도 아니다. '낯선 것들'이다. 뭔가 자기네와 다른 이상한 것들이란 오만함조차 풍겨온다. 어쩌면 그들의 오랜 식민지 지배 역사에서 나온 건방짐이 보인다. 그 전통이 이렇게 내려와선 엉뚱한 추방론까지 나오고 있다.

물론 프랑스 국민이 그 논리에 별로 동감을 안 했는지 그는 대통령이 될 수 없었다. 뭔가 찝찝하긴 마찬가지. 솔직히 대통령 선거 날짜가 다가올수록 그런 소리들은 점점 거칠어졌고, 그래서 그런지 괜히 길거리 나서면 동양인인 나를 바라보는 눈이 차가워짐을 은연중 느낄 수도 있었다. 언젠가는 섬찟섬찟 느끼지 말란 법도 없을 것 같다.

역시 솔잎만 먹더라도 송충이는 소나무에 살아야 하나보다. 낯선 것들(에뜨랑제) 대접 받는 것보다는!

돈 없는 외국인은 가라

프랑스는 외국인을 거부하진 않는다. 다만 돈 없는 외국인을 거부할 뿐이다. 그것이 체류증을 만들어야 하는 모든 외국인 학생들, 특히 한국인 학생들에게 다가선다.

많은 유학 고참들이 그런 말들을 했다.

"갈수록 체류증 연장하기가 짜증나니 이젠 빨리 공부마치고 한국에 들어가야겠다."

또 어떤 이들은 말한다.

"우리 식의 우격다짐으로 대충 체류증 심사를 통과하려니까 서로 짜증나지 그들(담당 행정공무원)이 요구하는 서류들을 빠짐없이 가져가면 골 썩을 것 하나도 없다."

뭐가 어떻게 돌아간다는 건지 나로선 어리둥절할 수밖에 없는 상반된 분석이다. 그러나 이내 곧 나는 깨닫는다. 위의 두 주장이 정확히 다 옳다는 것을. 이게 무슨 궤변이냐고 의심할 것이다. 답은 간단하다. 가서 겪어보면 안다. 위의 두 상반된 주장이 다 맞다는 것이고 아울러 '돈 없는 놈은 가라!'는 것이다.

빠리에 방을 얻고 빠리 경시청의 체류증 심사기관에 들어가면

비교적 친절하고 또한 요구하는 서류도 일목요연하다. 누락되는
서류가 있으면 유사서류로 대체하는 방법도 일러준다. 그러나 빠리
외곽지역에 방을 얻고 그곳의 체류증 심사기관에 들어가면 깜짝
놀란다. 우리나라에선 공무원이 외국인에게 그렇게 대했다간 아마
중징계 먹을 것이다. 주민이나 우리 국민에게 불친절한 것은 예사로
눈감고 넘어가겠지만, 동방 예의지국인데 외국인에게는 불친절할 수
없다. 그러나 프랑스에선 정반대이다.

　빠리 외곽지역 블로뉴 경시청의 외국인 담당 사무실에 들어선다.
예비창구에서 담당자와의 면담시간 날짜를 정해준다. 그 날짜에 다시
그곳에 가서, 나의 담당자가 되어버린 이의 얼굴을 본다. 그는
빙글빙글 웃으며 준비해올 서류를 체크하며 가르쳐준다. 열심히 뛰어
다니며 서류를 갖추어 차곡차곡 쌓아간다. 학교등록증, 학교 출석
증명서, 의료보험증, 방 계약서, 본국에서 돈 보내주었다는 증명서,
은행거래 내역서, 예금잔고 증명서……. 내가 이 짓 하러 여기 왔나?
싶게 서류도 많다.

　그리고 창구의 담당직원을 만난다. 그는 또 웃으며, 내가 차곡차곡
쌓아온 서류를 열심히 흩뜨려놓는다. 그리곤 이게 좀더 정확해야 되니
다시 보강해 와라 한다. 나는 이 정도면 되지 않느냐며 되지도 않는
불어를 심각하게 구사한다. 이 정도면 항의조인가, 저 정도이면
부탁조인가를 가늠하려지만 나의 불어실력은 형편없고, 그는 이점을

악용하려는지 너무 빨리 말을 한다.

'나 피곤하니 말 시키지 마'라는 투의 빠른 언어구사는 일찍이 어디서 많이 본 듯한지! 이어서 그는 다른 면담자의 이름을 부르고 나는 돌아서야 한다. 그러길 서너 번 반복했고, 그짓 3개월만에 체류증을 받았다.

군에서 전역할 때 흔히 역전의 용사였던 우리들은 이런 말을 뱉곤 했다. '사회 나가서 부대 방향으론 오줌도 누지 않을 거다. 그러면 내가 사람이 아니다.'

"그래. 이 동네 경시청 보곤 오줌도 누지 않을 거야." 그리고 나는 6개월 후 어디로 이사갈 것인가를 생각해보았다. 나중에 알게 된 일이지만 그 동네는 외국인에게 악명 높은 우익 출신 내무부 장관의 동네였다. 즉 그가 시장으로 있는 동네란다. 나는 머리가 나빠 또 그놈 이름을 까먹었다.

결론 한마디. 빠리는 어차피 국제도시로서 프랑스가 개방해놓은 특구 지역이다. 그렇기에 체류증 심사가 적당하다. 그리고 빠리의 방값은 비싸다. 그렇기에 가난한 유학생들은 방을 구하기 힘들다. 고로 빠리에 사는 학생들은 돈이 있는 학생들이라고 공무원(정부)들은 생각하는 모양이다.

반면 빠리의 외곽지역의 방값은 싸다. 그렇기에 돈 없는 유학생들이 쑤시고 들어가고 있다고 그들은 생각하는 모양이다. 또 그들은 이렇게 생각할 것이다. 그런 유학생들은 가난하기에 그 싼 방값도 본국에서 조달하지 못해 불법 취업(아르바이트)을 할 것이고, 그러면 더욱 프랑스의 실업문제가 심각해진다. 그러니 애네들은 엄격히, 아주 엄격히 체류증 심사를 해주고, 가급적 질려서 빠리로 들어가게 만들자. 그러면 개네들은 방값을 지금보다 훨씬 더 낼 것이고, 그것은 국가적인 이득이 될 것이다. 그걸 못하는 놈은 여길 떠나라……. 어쩌면 이렇게까지 영악한 게 프랑스인들인지 모른다.

얼마 전 선거때 TV에서 이런 주장까지 나왔다.

'외국 유학생, 특히 유럽공동체 밖의 나라에서 유학오는 학생들에게는 대학 학비를 받자. 우리가 낸 세금으로 그네들까지 공부 가르쳐줄 이유가 무엇인가. 우리는 세금에 허덕이는데 말도 못하는 낯선 것들(에뜨랑제)까지 대학을 공짜로 다니며 대학강의 수준을 흐뜨리고 있으니 말이 안된다.'

이제 어느 날 프랑스 유학이 부잣집 자녀들에게만 가능한 시절이 올지도 모른다. 곧 그렇게 될 수도 있다. 이제 머잖아 미국에 있는 일부 한국 유학생들의 소비 향락문화가 프랑스 빠리에까지 넘칠 날이 올 것이다.

그러면 빠리엔 한국식 단란주점과 룸싸롱이 10배, 20배 생길 것이고, 프랑스 한인 사회는 더욱 건실해질 수도 있겠다. 어쩌면 부모님이 위장투자해 준 노르망디 별장식 공부방과 빠리의 대학 사이를 포르쉐

타고 등교하는 학생도 나타나지 말란 법 있겠나.

본국에서 보내준 돈의 액수가 적기에 체류증을 연장 못하는 한국 유학생이 빠리에 존재했었던 것도 전설이나 될 것이다. 앞으론 그런 학생이 없어질 테니. 프랑스 경시청은 업무가 훨씬 간단해질 것이다. 양질의 에뜨랑제(낯선 것)들만 있을 테니까. 그때야 비로소 '에뜨랑제'라는 단어는 철없는 달콤함을 다시 갖게 될지도 모른다.

세상은 역시 돈 있는 자에게만 달콤함을 허용해주나 보다.

검은 빠리지앙

빠리의 지하철을 타본다. 처음이란 낯선 것이다. 단지 그것뿐.

지하철 객차의 의자에 앉는다. 어두운 터널을 마찰음과 함께 엄청난 곡선을 그리며 커브질하는 지하철 열차.

'내가 지금 어디 와 있나? 아프리카인가?'하고 자문할 정도로 흑인들이 많다. 아주 검다 못해 윤기가 금색 같은 사람, 그저 시커먼 사람, 고동색에 검정색 물감을 섞은 듯한 사람……

흑인은 입술이 나보다 두껍구나, 한 접시는 나오겠다. 아니지, 저 사람이 이런 말 들으면 나를 가마솥에 넣어 끓여 죽일 거야, 그래 식인종 후예일 거야. 아이고, 저놈도 나를 보네! 저 눈빛 살벌하구만. 내가 눈을 내려 깔아야지!

다시 약간 눈을 올려뜬다. 아— 흑인도 손바닥은 하얗구나. 흑인은 세수 안 해도 되겠다, 어차피 흑인이니까. 저 흑인 소녀는 왜 저렇게 머리를 뽀골뽀골 볶았을까?

나는 여태까지 한꺼번에 많은 흑인들을 세계지리 도감책에서나, 혹은 미국 영화에서나 보았다. 그만큼 아시아와 아프리카는 멀다는 소리다. 흑인에 대한 나의 선입견은 빠리에서 처절하게 박살났다.

그렇게 될 수밖에 없던 배경은 내 자신이 낯선 곳의 이방인이란 입장을 깨닫기 시작했다는 것이고, 그들에 대한 나의 각성은 여러가지 일상사 속에서 마주친(스쳐간) 흑인들의 모습에서 서서히 다가왔다. 그나마 미친 셈치고 "너나 나나 낯선 곳의 이방인"이란 말을 해보았자 흑인들은 배꼽을 잡고 웃을 것이다. "네가 물에 빠지니까, 만만한 게 뭐라더니 우리를 잡고 늘어지냐."

그렇다. 그들의 말이 맞다. 그들은 이미 유럽대륙과 관계 맺은 지 몇 대, 몇십 대째가 될 수 있고, 이미 백인 언어를 모국어처럼 잘 구사하고, 유럽 문명권이 어떤 것인지 우리보다 훨씬 잘 알고 있다. 그리고 대부분 유럽 국적을 갖고 있을 것이다.

그렇다! 우리 동양인은 흑인보다 더 초급의 '낯선 곳의 이방인'밖에 못 된다! 그것을 깨달으려면 세계지리 도감과 미국 영화를 보며 우리가 상상한 '우리 식의 선입견'을 먼저 깨야 한다.

특히 프랑스에서 마주친 흑인들은 친절하고 근면하고 선하다. 낯선 땅의 흑인도 여러 분파가 있을 것이다. 노예사냥에 잡혀서 백인 대륙에 끌려간 흑인 후예들. 식민지가 되어버린 조국에서 백인식 교육을 받고 유럽으로 이주한 흑인. 그중 내가 프랑스에서 마주친 흑인들은 두번째 경우이다. 그러기에 전자의 흑인과는 다른 면이 있다.

전자는 역사적 배경이 그렇기에 반항적이랄 수 있다면, 후자는 양순할 수밖에 없다. 말 그대로 '질'이 다르기 때문이다. 좋게 말해서

'교육(cultiver)' 받았기 때문이다. 그들은 한마디로 올챙이적 시절을 기억하는 개구리인 것 같았다.

동양인인 내가 길거리를 헤매고 있을 때마다 나를 외면한 흑인은 없었다. 웃으며 화장실 위치를 가르쳐주기 위해 나를 인도해주던 백화점 수위도 흑인이었고, 조국 정치상황 때문에 망명한 자신의 처지를 들려주던 낯선 시골 역 청소부 청년도 흑인이었다.

빠리 새벽길을 걷다보면 볼 수 있다. 청소차의 운전수는 백인이요, 뒤따라 다니며 각 건물 앞의 쓰레기통을 들고 와서 청소차의 기계 장치에 걸어주는 사람은 흑인들이다. 그렇다고 인종차별이란 단어를 떠올릴 필요까지는 없다. 그들은 아주 자연스럽다.

프랑스의 학교 앞으로 가보자. 초등학생이건, 대학생이건간에 친구 사이에 피부 색깔로 서로 배척하는 분위기는 없다. 상대방이 동양인이라고, 상대방이 흑인이라고 '왕따' 시키는 백인 학생들의 분위기는 아무리 눈씻고 봐도 눈에 띄지 않는다. 손에 손은 안 잡더라도, 눈에 눈에 웃음을 띤 채 다인종들이 대화를 즐기고 있다.

그러나 미국 영화에서는 흑인들이 우악스러운 범죄자 그룹으로 곧 잘 그려진다. 그렇다. 미국의 흑인은 그런가 보다. 미국문명은 흑인을 노예사냥으로 끌고 왔기에 그렇게 되었나 보다!

외국인 앞에서 살짝 웃어 보세요

서울에서 버스를 탄다. 기사양반은 씩씩하게 차를 몰며 라디오 볼륨을 최대한 높여 놓는다. 이때 프로그램 사이에 편성된 무슨 캠페인인가 하는 대국민 계몽의 짧은 띠프로.

"한국을 방문한 외국인은 길거리에서 마주치는 한국사람들의 굳은 얼굴을 보고 실망합니다. 우리는 그동안 너무 무표정하게 살아 왔는지도 모릅니다. 웃는다는 것은 자신의 건강에도 좋은 것입니다. 일소일소 일노일노. 자— 이제 여러분도 길거리에서 외국인과 마주치면 살짝 한번 웃어 보세요. 얼마나 즐거운지 한번 느껴보시죠."

그러나 그 누구건 외국인 앞에서 일부러 웃어보았자, 외국인은 상대의 어색한 안면근육으로 보아 그것이 억지로 쥐어짜는 웃음인지 단번에 눈치챌 것이다.

유럽에서 느낀 바지만 유럽인들은 항상 밝고 명랑하게 산다. 그들 삶이 스트레스 많이 받을 정도로 시커멓지 않기 때문이다. 배울 만큼 배웠고, 먹고살 만큼 경제능력 있고, 느낄 만큼 문화가 있고, 놀 만큼 바캉스(휴가) 있고……

한마디로 신명나는 사회이기 때문에 그들은 어디서나 즐거운 표정인 것이다. 그 신명이 넘치다보니 낯선 동양인에게도 친절한 것이고, 동양인에게도 웃음을 잃지 않는다.

우리가 지하철 출구를 나서서 길거리 방향을 물어보면 그들은 우리가 의심할 짓을 한다. 직접 인도해주며 자세하게 방향을 가르쳐 준다.

조금 심한 경우에는 1~2분 생각한 후 "여기에서 500미터 가면 성당 탑이 있는 4거리가 나오는데 거기에서 우회전하여 350미터 가다 보면 회전 로터리가 있고 그것을 끼고 좌측으로 틀면 * * 거리가 된다. 그 길을 따라 두 블록 가서 우회전하면 일방통행로인데 당신 차 방향이 진입할 수 있다. 그쪽을 진입하여 쭉— 가다보면 * * 공원이 왼쪽으로 스쳐 지나가는데 계속 가다보면 우측에 * * 라는 큰 간판이 서 있다. 그 간판을 지나면 세번째 블록에서 우회전을 하라. 그러면 당신이 찾는 * * 거리이다."라는 식으로 장황한 설명을 하면서도 시종 웃음을 띨 뿐이다.

나는 오기로 다시 물어본 후, 정말 그대로 따라가보면 정확하게 맞는다. 또 어떤 이는 나를 데리고 지하철역 창구로 가선 창구 직원에게 지도를 달라고 한다. 그러면 창구 직원이 친절히 직접 지도를 펼쳐들곤 나를 보며 어디를 찾느냐고 한다. 괜히 미안해서 작은 목소리로 무슨 무슨 거리라고 내가 말하면 근처에서 서성이던 동네사람들이 모두 끼여들어 그 거리는 여기서 이쪽으로 가야

가깝다는 둥, 그것보다 지름길이 있다는 둥 자기들끼리 토론이
벌어진다.

이 동네사람들은 전부 실업자인가? 한가로운 저희들끼리
토론하라고 내버려두고 난 사라질까? 이런 어리둥절한 친절에서 나는
느꼈다. 그것도 문화인 것이다. 그들은 그렇게 여유로운 삶을 살고
있기에 남에게 친절할 수 있는 여분이 흐르고 있는 것이다.

욕심 없는 마음들

세브르 빌다브레로 이사가려고 처음으로 찾아간 그 집 앞.
최인호 선생의 원작소설을 곽지균 감독이 연출한 영화 '겨울 나그네'가
떠올랐다. 이미숙이 살던 집은 아주 독특했다. 장미 덩굴이 우거진
하얀 꿈의 동산이라고나 할까.

세브르 집 대문의 꽃잎 문양 쇠창살은 세월의 음영 속에서 낡아
있었다. 그리고 차임벨이나 인터폰 대신 끈을 흔들면 조그마한 종이
딸랑딸랑 울렸다. 그러면 꼭 아이 같은 동심의 얼굴을 한 60대쯤의
할아버지가 문을 열어주었다. 그래서 들어가 살기 시작한 그 집은
5월엔 현관 앞의 난간에 보라색 라일락꽃이 만발했고, 창 밖으론 넓은
잔디밭과 커다란 나무둥치들이 버티고 있었다. 그 위를 돌아다니던
다람쥐, 그리고 하루종일 새소리는 길 밖의 학교에서 뛰어노는 아이들
웃음소리만큼 정답게 들려왔다.

그 집은 우리 돈으로 7~8억쯤 되는 빠리 외곽 고급 전원동네의
빠비옹(개인 저택)이었다. 노부부만 사는 공간이었고, 그들은 매달
일주일 정도 집을 비우고 여행을 하기에 이렇게 한국인을 맞이한
듯했다.

주인 아저씨는 젊었을 때 토목기사로 중국에서 댐 건설 현장에 근무했다고 한다. 그래서 동양인들을 맞이하나 보다.

그 노부부는 인생의 말년을 유럽의 각국, 각 지방을 탐사 다니는 재미로 사는 듯했다. 집에는 깨끗한 승용차를 모셔둔 채 주로 비행기로 멀리 유럽 일대를 돌아다녔다.

그런 어느 날 나는 큰맘 먹고 그들의 공간을 틈입키로 했다. 도대체 프랑스 중상류층은 어떻게 사는가에 대한 궁금증을 풀기 위하여. 발걸음도 사뿐사뿐 그들의 거주 공간의 문을 죄다 열어보았다. 단지 호기심으로.

또 하나의 발견이었다. 그들의 집에는 새로운 가구라곤 하나도 없었다. 우리 식으로 말하면 케케묵은 쌀뒤지 같은 것들이 전부였다. 그들의 응접실은 이러했다. 창 밖으론 잔디밭과 나무둥치가 화려하게 들어올 뿐 그 외에는 별것이 없었다. 소파랍시고 배열해 놓은 의자 5개는 각기 모양이 다른 낡은 것이었고, 그것들은 커다란 소파라기보다는 작고 아담한 의자들이었다.

그리고 쌀뒤지 같은 목재식탁, 그 둘레로 6개의 식탁의자, 낡은 커다란 거울, 그리고 온통 자식과 손자들의 사진뿐. TV는 14인치였다. 우리 식이면 35인치 TV에 대형 오디오 그리고 커다란 가죽 소파 세트를 놓고 무선 전화기가 놓여 있었을 것이다.

오히려 세브르의 그 집은 전화가 오면 벽에 붙은 전기벨이 요란하게

울리는 희한한 고물상 같은 장치를 개발하여 집의 어디서건 전화벨 소리를 쉽게 들을 수 있게 할 뿐 무선 전화기 같은 것은 없었다. 그 흔한 비디오 데크도 없었다.

소르본느 대학은 빠리 중심지, 5구에 위치해 있다.

옛날에는 학문 언어인 라틴어를 못하면 이 동네 들어와보았자 인간 대접 못 받았다나? 그래서인지 동네의 별명은 라틴어 동네(Quartier Latin)이다.

빠리 5구 소르본느 대학 광장 앞에는 꽤 커다란 까페가 3개쯤 있다. 그 까페를 가보자. 까페 앞 광장을 향해 조그마한 테이블과 의자들을 배열해 놓은 노천 까페도 있으니 여기에도 앉을 수 있다. 한마디로 길바닥에서 커피 마신다고나 할까? 점잖은 체면도 있으니 실내의 까페로 들어간다.

실내를 훑어본다. 벽과 천장은 티크목으로 갈색조이다. 앉으려 보면 까페의 의자는 옛날 우리의 분식집 의자이고, 탁자는 대학노트 펼친 것보다 조금 크다고나 할까?

거대한 소파 속에 몸을 파묻을 수 있는 까페는 빠리 시내에 없다. 조그마한 탁자와 분식집 의자뿐이다! 그리고 진한 에스프레소 커피를 마시며 창 밖을 본다.

이때마다 느끼는 것이지만 빠리의 까페는 창 밖의 풍경을 팔고 있는 상술(상업문화)인 것 같다. 창 밖의 풍경은 음악이 되고, 미술이 되고 커피향이 된다. 창 밖의 풍경이 시각적 청각적 인테리어가 된다.

소르본느 앞의 커피집 창 밖으론 라틴 거리의 석조건물과 조각상들, 그 앞에서 바이올린을 연주하는 청년들, 그리고 그 노천 까페에 모여 앉아 순진한 웃음을 터뜨리는 대학생들의 모습을 문화 상품으로 파는 휴식 공간. 이렇게 우리와 그들은 다른 문화 속에서 커피를 마신다.

멋진 새 가구 하나 없는 세브르의 대저택. 그곳에는 창 밖 잔디밭과 새소리가 거실의 인테리어가 되고.

분식집 의자 같은 조그마한 의자에 앉아서 마시는 소르본느의 까페, 창 밖으론 고도(古都) 빠리의 역사, 문화가 흐른다. 그 풍경을 음미하며 커피를 마시는 까페.

미국의 소설가 헤밍웨이.

신천지 미국에서 빠리로 건너 온 무명 기고가 시절, 그는 빠리 5구 빵떼옹(범신전) 뒤편 허름한 아파트에 살았다. 골목길을 걷다보면 그가 살던 아파트 앞, 벽 한 모서리엔 이렇게 쓰여 있다.

'빠리 시절 내 인생은 가장 가난하였으며…… 내 인생에서 가장 행복한 시절이었노라.'

골목을 누비는 오토바이족

빠리 뒷골목과 개똥은 운명적 함수이다.

필요는 창조의 어머니라더니 그 함수관계를 깨는 기계가 나타났다. 처음엔 그게 그것인지 전혀 모르고 지나쳤다. 느낀 거라곤 뒷골목을 구석구석 돌아다니는, 조금 요란한 소음의 오토바이가 있구나 하는 정도였다.

나중에 알고 보니 그것이 바로 뒷골목의 개똥만 치우는 오토바이 청소차였다. 빠리 시청이란 글씨가 선명히 찍혀 있는 독특한 구조의 오토바이. 그렇다고 우리도 오토바이 청소차를 만들어야 한다고 주장하는 것은 전혀 아니다…… 내가 말하고 싶은 점은 이것이다.

"빠리는 국제 관광도시이고 세계 도처에서 오시는 관광객들이 뒷골목의 개똥 때문에 불쾌하기 그지없다고 불평을 토로하고 있으니 앞으로 우리는 외출시 개를 집에 꽉꽉 묶어놓읍시다. 만일 길거리로 개를 끌고 다니는 사람들이 발견되면 오늘부터 단속할 것이고 벌금내야 합니다. 왜냐하면 끌고 다니는 개는 길거리에 똥을 눌 잠재적 범죄 요소이기 때문입니다. 즉, 원천 봉쇄하겠사오니 양지하여 주십시오."

이런 식으로 시민의 자연스럽게 형성된 관습을 통제할 수 있다는 생각조차 않는 위대함. 우선 빠리는 빠리 시민을 위한 땅이어야 한다. 그런 후 관광 빠리에 문제점이 있으면 행정적으로 제거해주면 되는 것이다. 그것이 바로 골목을 누비는 오토바이이다.

86 아시안게임과 88 서울올림픽을 즈음하여 정부와 언론기관은 우리의 보신탕을 도마 위에 올려놓았다. 외국 관광객들에게 혐오감을 주는 개고기 먹는 버릇을 없애자는 것이었는지, 아니면 먹더라도 안 보이는 데에서 먹자는 것이었는지 그 쟁점이 애매했지만, 하여간 덕분에 보신탕이란 간판 글씨들이 사철탕, 영양탕이란 희한한 글씨로 둔갑했던 시절이 있었다. 이것을 어떻게 해석해야 할까?

이 또한 졸속행정이 초래한 문화 주체성 혼란(상실)이요, 눈감고 아웅이라고. 사철탕, 영양탕이란 글씨를 종이 위에 써놓고 정부당국, 언론, 개고기집 주인, 개고기 먹고 싶은 손님 등 우리 모두가 서로 눈치보고 있었던 것은 아닐까? "요건 몰랐지롱." 눈감고 아웅하기란 이런 행위를 가리키는 말인지 모르겠다.

어차피 외국사람은 한글을 모를 텐데, 그들 시선이 무섭다고 보신탕이란 한국 글씨가 영양탕으로 둔갑하다니! 세종대왕께서 지하에서 통곡할 일이다

지천에 깔린 유리성 주인공들

어릴 때 나는 남달리 책을 읽지 않았다.

네댓 살 때부터 중학교 2학년 때까지, 그 재미있다는 만화책도 읽기 싫었다. 고사리 같은 손으로 커다란 만화책을 들고 "탕-타-타타—." "으-아아악—." 소리내어 읽기가 귀찮았고, 모르는 말들이 너무 많았다. 그랬지만 만화책을 대하며 두 가지 의문점을 품었었다.

내 기억 속의 만화는 크게 두 장르가 있었다. 동물들이 사람 옷(주로 군복)을 입고 전쟁하는 소년용 만화가 있었는가 하면, 귀족 출신 배경을 가진 아리따운 비련의 소녀가 항상 운명에 울고, 첫사랑에 한숨짓는 순정 만화가 있었다. 나로선 동물끼리 무리지어 군복입고 전쟁 놀음하는 것 자체가 엉뚱해서 싫었고, 아리따운 소녀는 왜 그리도 늘씬하고 코가 높은지 신경질나고 뺑 같았다. 그리하여 하품하며 만화를 던져버리곤 했다.

그런 촌놈이 빠리에 와서 처음으로 발견한 것은 바로 순정 만화의 주인공들이었다. 코도 높고, 무지무지 늘씬한 몸매와 치렁치렁한 머리결의 아리따운 파란 눈의 소녀, 유리의 성의 주인공. 이름이 이자벨인지 뭔지 하는 인기 만화 '유리의 성'의 주인공이 한둘이 아니었다. 거리는 온통 그렇게 생긴 이들로 물결친다.

빠리 5구는 '라틴동네(Quartier Latin)'라 하여 중세부터 현재까지 지속되는 대학가이다. 소르본느 대학을 비롯하여 유명한 학교들이 모여 있는 곳. 그곳을 걸어다니는 학생들을 훑어본다. 또한 맞은편의 뤽상부르그 공원에 들어가서도 본다. 기가 막히게 쭉쭉 뻗은 여학생들이 지천에 깔렸다.

그럼에도 불구하고 우리 식으로 '튀게' 입고 다니려 애쓰는 애들은 눈에 안 보인다. 낯선 우리 눈에는 그들 신체구조가 튀게 보일 뿐이다.

우리는 동양인으로 태어났음에도 불구하고, 어릴 때부터 동양의 미가 뭔지를 깨달을 싹을 거세당한 불행한 세대이다. 심지어 만화 주인공까지 서양 아씨를 그려놓고 이자벨이 영심이라 알고 찰스를 철수라고 생각하며 열심히 감정이입을 시도한다. 쥐어짜듯이 감정 이입을 시도한다.

그러나 빠리에서 나는 느낀다. 우리 유학생 영심이와 유럽 대학생 이자벨은 여러가지로 엄청 다르게 태어났고, 다르게 살 수밖에 없다는 것을. 아무리 영심이가 프랑스에서 서양 음식을 먹고, 열심히 공부하고, 에어로빅해 보았자 영심이는 이자벨이 될 수도 없거니와 될 필요도 없다. 그렇게 되어보려는 생각부터가 '튀고' 있는 것이다.

'튄다'라는 표현은 영화 편집할 때 자주 쓰는 말이기도 하다. '뭔가 부자연스럽게 필름의 흐름상 연결이 되지 않음'을 일컬을 때

사용되는 말이기도 하다. 물론 일부러 '튀게' 편집하는 것도 또 다른 영화 미학이 될 수도 있을 것이다. 그러기 위해선 전체 구조를 관통하는 '튀는 미학'이 시종일관 흘러야 한다. 그것은 실로 높은 안목의 파격미과 함께 파격철학이 요구된다. 아무나 선불리 '튀려'할 것이 못된다.

뤽상부르그의 소림사

뤽상부르그 공원은 항상 아름답다.

빠리 시내에 멋진 휴식처가 여럿 되지만, 그중 빼놓을 수 없는 공간이다. 이태리식 정원, 상원 의사당으로 쓰이는 궁전, 벤치에 누워 뽀뽀하는 젊은이들, 야외 음악회, 마리오네뜨 극장—.

그 공원에서 우리의 전직 대통령도 새벽조깅을 했다. 95년 초, 빠리에 우리의 대통령은 방문하셨다. 프랑스 간판도로인 샹젤리제 거리에 태극기도 물결쳤다. 한국사람인 듯한 많은 동양인들이 양국 국기가 펄럭이는 샹젤리제를 배경으로 사진을 찍고 있었다. 그렇지만 그 거리 속의 수많은 인파(물론 프랑스인들과 관광객들)들의 표정은 전혀 무심했다. '이건 또 어느 나라 국기야?' 하듯이.

그도 그럴 것이 그 즈음 프랑스 TV의 저녁뉴스들은 아마도 거의 보도를 하지 않았다. "대한민국의 위대한 지도자, 대통령 각하께서 프랑스 빠리에 도착하고 있습니다. 지금 우리의 대통령 각하인 미테랑께서 악수를 청하고 있습니다", 대충 이런 장면이 나오리라고 생각하고 TV 뉴스를 본 우리의 교민들은 실망이 대단했던 모양이다. 그렇게 방송 안 할 수도 있었다. 왜냐하면 프랑스인들은 타민족을

약올리는데 대단한 노하우를 갖고 있기에. 뭐는 그냥 해주고, 뭐는 절대 안 주며 사람 애간장을 태우게 하는데 일가견이 있는 고단수 민족이니까.

다시 뤽상부르그 공원 이야기로 돌아가자.

공원이 넓기에 사람들은 많은 스포츠를 한다. 뻬땅크(어른들만 즐기는 당구공만한 구슬치기), 테니스, 농구, 탁구, 축구……. 어른끼리의 축구는 금지되지만, 6세 이하의 꼬마를 파트너로 하여 그 꼬마를 위하여 축구해주는 어른들은 잔디밭에 입장할 수 있고, 축구를 할 수 있다. 오다가다 감시하는 수위 아저씨는 그 점을 항상 유심히 관찰한다.

내가 그곳에서 즐겨 한 짓은 동양무술이었다. 정확히 말하자면 '한풀'. 뤽상부르그엔 동양무술을 하는 이들이 많다. 공원 서쪽의 상원 의사당 근처 숲속에서는 프랑스인들과 중국인들이 어울려 동양무술, 그중에서도 타이찌(기공체조)를 한다.

일요일 오전은 무척 많은 무술인들이 모인다. 어떤 백인은 대걸레 막대기를 휘두르기도 하고, 어떤 중국인은 도복입고 번쩍이는 칼을 휘두르기도 한다. 그러나 대부분의 사람들은 슬로우 모션의 동작들이 춤처럼 이어지는 타이찌를 즐긴다. 열 팀, 스무 팀들이 그렇게 나름대로 움직이면 그 숲은 신비한 소굴이 된다. 내가 그들에게 다가가서 그 동작들을 관찰하기도 하고, 그들이 나한테 다가와서 나의 동작을 음미하기도 하는 숲속의 소림사. 유모차를 끌고 산책중이던 백인 부부와 어린 꼬마들이 흉내내기도 하고.

우리의 대통령께서 그곳에 와서 경호원, 수행 장관들과 함께 구령에 맞춰 태권도라도 했다면 아마 TV 뉴스엔 몰라도 〈르몽드〉나 〈리베라시옹〉 신문에 사진 한 장쯤은 실렸을 것이다. 역시 한국은 동양의 나라이기에 신비한 무술로 몸과 마음을 다스리는 대단한 유산이 있다고, 그것은 중국의 타이찌와는 또 다르더라는 캡션까지 붙여서.

그러나 우리의 대통령께선 그 공원의 울타리를 따라 난 조깅로를 열 바퀴 혹은 스무 바퀴쯤 돌고 돌았을 것이다. 오지도 않을 방송국 카메라를 기다리며.

빠리 뒷골목에 밤이 오면

어쩌다가 한 번이라도, 한국의 밤거리에서 취객들이 뱉는 육두문자와 그가 휘두르는 주먹질을 듣고, 본 적이 없는 한국민 있으면 손들어 보십시오.

어쩌다가 한 번이겠지만, 빠리의 밤거리에서 취객의 육두문자와 주먹질을 한 번이라도 본 적 있는 프랑스 국민이나 프랑스 유학생 있으면 손들어 보십시오.

나는 위의 두 경우에 대하여 손을 들 수가 없다. 좀더 솔직히 말해서 한국의 밤거리에선 술 먹고 난리치는 광경을 여기저기에서 보았다. 술집에서, 디스코텍에서, 주택가에서, 시장에서, 심지어는 대학가 거리에서도.

그러나 프랑스에 온 후 2년 동안 나는 그런 모습을 본 적이 없다. 간혹 밤에 지하철 승강장에서 이런 광경은 존재한다. 싸구려 막포도주에 취했을 법한 거지 아저씨가 혼자서 뭐라고 큰소리로 중얼거린다. 그것은 독특하다. 혼자서 무슨 철학자인 양 연설을 한다. 그렇지만 옆 좌석에 앉아서 지하철 기다리는 다른 사람에게 시비를 거는 것을 본 적이 없다. 기껏해야 담배 한 개비 있냐는 질문을 던질 것이고, 그럴 때도 "죄송합니다만(S'il vous plait)"이라는 단어는 꼭 들어간다.

밤거리로 나서보자.

샅샅이 뒤져도 순찰중인 경찰과 방범을 보기란 쉽지 않다. 간혹, 정말 간혹 뒷골목을 순찰하는 경찰차는 보이지만. 그렇다고 긴장된 눈매로 행인을 꼬나보는 시선이 아니다. 근무를 하는지 동네 한바퀴 산책하는지 모를 정도로 그저 담담히 밤거리를 바라보며 동료 경찰과 담소를 나누며 운전한다.

이제 밤거리를 돌아다녀 본다.

일단 까페에 들어가면 맥주병 쌓아놓고 술 먹는 사람이 없다. 감질나게 한 잔을 앞에 두고 홀짝거리며 술을 마신다. 그리고 밤 10시가 넘으면 웬만한 까페는 문닫고 집에 간다. 번화가의 몇몇 까페나 불빛을 발하고 있다. 그래서 밤늦도록 불빛을 발하는 레스토랑으로 들어가 본다.

밤 12시가 되어도 대화의 열기가 가득한 곳. 그들은 대화의 열기를 위하여 포도주를 마시고 있는 듯하다. 취해버리려고 술을 마시는 분위기는 쉽게 발견할 수 없다. 그리고 포도주는 대화의 시간 속에서 다시 알코올기가 꺼지는 이상한 술이다.

그리고 다시 길거리를 나서보았자 더 이상 화끈한 업소를 발견하긴 쉽지 않다. 아가씨 앉혀놓고 화끈하게 취할 곳은 밤새 돌아다녀 보았자 당신의 눈에 포착되지 않을 것이다. 기껏해야 디스코텍. 그곳은 젊은이들의 열기가 가득할 것이다. 그러나 그곳도 마찬가지. 마른 안주, 과일 안주, 맥주병, 양주병 쌓아놓고 부어라 마셔라는 분위기는 아니다. 위의 다른 업소 분위기와 비슷하다. 조금씩 마시며 즐길 뿐이다.

또 다른 곳을 찾아나서 보자. 빠리의 정취가 물씬 풍기는 '극장식 까페'(순전히 우리 식 명명이지만). 그곳은 라이브 무대이고, 금발의 글래머 미녀가 미니스커트 차림으로 노래를 부르고 있을 수 있다. 그러나 그녀의 노래를 듣는 청중들의 분위기를 한번 둘러보자. 술취한 김에 무대에 대고 쓸데없는 야유를 보내는 사람은 분명 없다. 모두 경청하고 있다. 너는 노래 불러라, 나는 친구와 목청 높여 떠들겠다는 인간형도 없다. 그저 그 글래머 미녀의 목소리를 들으며, 음악과 인생을 음미하는 분위기이다. 물론 술값은 상당히 비싸니 큰 투자를 한 셈이지만, 특별히 재미본 것도 없다.

그래도 돈이 남으면 그 유명한 '리도(LIDO) 쇼'로 향해보자. 그곳에 뱀춤이니 어우동춤이니 하는 찐한 춤이 있는지.

'뱀춤, 어우동춤 : 리도 쇼' = '외설 : 예술'이라는 차이점을 설명해 주는 표본이다.

이제 외설을 얘기하기 위하여 몽마르뜨 언덕 밑의 삐갈 동네로! 밤새워 요상한 비디오를 볼 수 있는 곳도 있을 것이다. 돈 주면 금발 미녀를 만져보는 집도 있을 것이다. 하지만 우리의 미아리 고개만큼 화끈할 수는 없다. 또 다른 데로 향할 수도 있겠지만…… 나는 그 이상의 동네를 본 적이 없다. 그리고 분명한 것은 빠리에 삐갈 같은 동네는 '그곳'뿐이라는 것이다. 장사된다고 요소 요소에 그런 것이 들어서려 해봤자, 빠리 시민과 빠리 시청이 호락호락 동의할 문화가 아니다.

그렇기에 삐갈 같은 특별한 동네를 제외하곤 술 취해서 배회하는 사람도 없고, 그런 동네도 없다. 그렇기에 지나가는 아무 여자한테나 희롱하는 청년도 없다. 멍청하게 여자들한테 다가섰다간 욕만 실컷 먹을 것이다. 밝은 대로에서 보란 듯한 진한 키스는 여성들이 환영하겠지만.

그러니 방범대원이 쓸데없이 뒷골목을 플래시 들고 순찰할 이유가 없나 보다.

일본은 없나?

프랑스에 건너간 후부터 한국과 일본이 '같은' 동양권이란 생각이
들기 시작했다.

그동안 듣고 보아오건대 우리와 일본은 지긋지긋한 관계였다.
일일이 열거할 필요도 없이. 그러나 백인들의 땅에 솥뚜껑, 냄비뚜껑
걸고 살려 하면서부터 턱! 숨이 찬 것은 이곳이 너무도 낯설다는
것이었다. 이렇게 헤매고 있으면 낯선 얼굴, 백인들이 다가와서
던지는 질문은 "당신 일본 사람입니까?"라는 친절한 안부 인사였다.
처음엔 당연히 민족적 자존심을 발휘하여 "아니오. 나는 대한민국
사람입니다."라고 씩씩하게 말했다.

그러면 상대방 백인은 좀 김빠진다는 듯 혹은 그런 나라가 어디
있냐는 듯 맹한 표정이다. 물론 생긴 게 비슷해서 일어나는 일이지만,
이런 경우가 반복되다 보니 서서히 느껴지는 게 있었다. '그나마
일본이 세계 속에서 경제 강국으로 떠오르니, 낯선 서양 땅에서
동양사람이 사람대접 받는구나.'

이런 점을 깨달으면서부터 나는 이런 이들의 질문에 대답을 피하게
되었다. 그냥 웃으며. 그냥 스쳐가는 풍경으로, 그냥 스쳐가는

현상으로 내버려두는 게 나을 듯싶었다. 혼자 외롭게 국위 선양하려고 프랑스에 나온 게 아니니까. 만일 지금 일본이 경제 강국이 아니고, 중국이 그렇게 땅덩어리가 크고 인구 많은 나라가 아니었다면 동양인인 나는 낯선 땅 프랑스에서 더 외로울 수밖에 없을 것이다.

그러나 또 하나의 현상이 다가왔다.

어학학교에서 같이 수업을 받는 일본의 젊은이들을 보면서 시작된 의문이다. 도대체 일본사람들은 뭐가 대단해서 일찍이 1차, 2차 세계대전에도 뛰어들었고, 뭐가 똑똑해서 그렇게 경제 강국이 되었을까? 라는 시선으로 일본인들을 개인적으로 뜯어보면 도저히 이해가 가지 않았다.

물론 내가 프랑스에서 일본인을 처음 본 것은 아니었다. 몇 년 전 일본에서 얼마간 머문 적이 있었다. 당시 내가 느낀 점은 두 가지였다. 시골의 민박집이건 도시의 상가이건 자연스러움을 유지하며 깨끗하게 정돈해 놓은 점이 너무 인상적이었다. 또 한가지는 자전거 뒤 안장에 아기를 태우고 장보러 가는 듯한 여자들을 오랜만에 바라보며 괜히 그 서정성에 감명받곤 했었다.

그런데 이제 프랑스에서 위의 관점으로 뜯어보기 시작한 일본인 몇명의 모습은 정말이지 수준 이하요, 함량 미달이었다. 불어실력으로 따지면 하나같이 학급의 문제아들이요, 세상사는 것에 대한 대화에선 서양애들이 혀를 내두를 정도로 문명화가 덜 되어 있었다. 물론 나도 떠듬거리는 불어실력으로 나의 견해를 말해야 되는 자리였고 그런 후 나는 낯 붉어진 자신을 느끼며 주위의 서양 친구들을 훑어보면 '그래도 너는 생각이 있는 놈이구나' 하는 표정들이 스쳐왔다.

그러나 일본 애들은 우리보다 훨씬 더 수줍게 자신의 견해를 밝힐 뿐만 아니라 기껏 귀기울이고 들어보았자 맥락이 엉뚱한 사고방식이거나 혹은 진부하기 그지없는 보수성 쪽으로 결론을 맺고 있었다. 그럴 때마다 서양 애들은 야유하곤 했었다. 그러면 괜히 나는 서양 놈들이 동양애들 놀리는 것 같아 신경 쓰일 때도 많았지만, 곰곰이 생각해보면 야유받아도 싼 한심한 문화권이란 생각이 들어 별로 변호해줄 것도 없었다.

그리고 세월이 흘러 학교 친구가 아닌 생활권에서 프랑스 친구들이 몇명 생기게 되었다. 그들은 소위 프랑스 지식인 젊은이들이었다. 대학 나와 넥타이는 안 매지만(프랑스에선 은행원이건 공무원이건 넥타이를 일상적으로 매지 않는다) 건실하게 직장생활하는 친구들이었다. 그들과 어울리다 보면 자연스럽게 동, 서양이 화제가 되기 마련이고, 그러다 보면 일본 이야기도 나오기 마련. 이때도 앞의 결론과 마찬가지이다.

그런데 프랑스 젊은 지식인들이 일본에 대한 관심은 놀라울 정도로 크다. 프랑스의 TV 중 악떼(ARTE) 채널이 있다. 자국의 문화적

자존심을 갖고 정부에서 적극 밀어주는 공영채널인데 그야말로
시청률에 상관없이 고품위 문화교양을 추구하는 방송이다. 우리로선
감히 상상조차 힘든 고차원의 문화방송(?) 채널이다.

　그 채널은 거의 정기적으로 3~4개월에 한번씩 일본에 대한
프로그램들이 편성된다. 그러면 저녁부터 새벽까지 온통 일본으로
채워진다. 즉 오후 6시 40분경부터 새벽 1시 30분까지 7시간 동안
일본에 대한 모든 것들이 보여진다. 역사, 문화, 정치, 사회 등등.
한마디로 일본 영화의 성적(性的) 에로티시즘은 기본이요, 신간센,
직장인 문화, 교육, 농촌, 첨단산업의 재편성 등 일본을 샅샅이 뒤진
듯한 프로그램들로 가득 찬다.

　이렇듯 프랑스인들은 오래 전부터 일본에 대한 관심이 불붙은
친구들이다. 일본의 가부키 극단을 초청하여 동양 미학을 음미하고,
일본의 북소리꾼들을 데려와서 동양의 소리를 음미하고, 일본의
영화들을 상영하며 동양의 영상미를 관찰하고, 일본의 상품들을
써보며 기술력을 평가하고, 일본의 스시를 먹으며 식문화를 입에
넣어보고……

　이렇듯 프랑스는 일본에 대한 관심이 지대한 나라이고, 그렇기에
젊은이들은 한국이란 나라보다 당연히 일본을 자세히 알고 있는지도
모른다.

　그런 그들이 근래 와서 일본에 대해 내리는 결론은 지극히 회의적

이다. 물론 프랑스인 자기들이 잘났다는 말로 해석할 수도 있다. 그런 측면도 있다. 그러나 그들이 회의하는 것은 일본이 전반적 문화 베이스상에서 독창성을 결여했다는 것이고, 이제 그들은 중국에게 관심을 옮겨가고 있다. 한마디로 일본이란 상자를 들춰보았지만 이젠 덮어버리려는 태도가 역력하다.

물론 그들이 덮는다고 일본이 쉽게 덮일 나라인가? 바로 여기에 무서운 점이 있다.

백인문명권과의 조우를 위하여 동양문명권— 일본은 세계화를 추구했지만, 서양문명권은 그것을 자신들의 눈과 잣대로 볼 뿐이다. 이때 그런 세계화는 세계화가 아니라 서양화인 것이다. 이제 일본은 그 점을 알고 칼을 갈고 있을 것이다. 사무라이가 그렇게 쉽게 기 꺾이진 않을 것이다.

지금 빠리를 거니는 젊은 일본인들은 사무라이가 아닌 듯하다. 아니면 기(氣)가 다른 땅이기에 사무라이가 맥을 못 추나? 혼자 있어서 맥을 못추나?

그러나 '자뽕(Japon:일본을 지칭하는 프랑스어)'은 항상 덩어리로 몰려올 것이다!

나폴레옹은 관광 가이드

고등학생 때 세계사 과목이 있었건만 나는 세계사의 흐름을
거의 모른 채 살고 있다. 배운 건 많았지만, 시험 보느라 외운 것도
많건만, 도대체 그후 살아가는데 아무 가르침도 못 되었다. 외울 것을
쏟아놓지만 남는 게 없는 건 비단 옛 교육의 시행착오만은 아니리라
생각한다.

또한 그 외에도 근본적 의구심이 있었던 것 같다. 우리는 엄청나게
폐쇄된 여건에서 살고 있었다. 정말 바다 건너 유럽대륙이 있고,
미국이란 신천지가 있는 것인지부터가 믿어지지 않았다. 그러니
그들에 대한 역사공부가 우리와 무슨 관계가 있는 것인지 심히
회의적이었다. 그렇기에 내가 유럽의 역사를 이야기한다는 것은 주제
넘는 소리요, 어불성설이다. 그러나 한마디만 하고 싶다.

현지에서 내가 느낀 점 하나. 나폴레옹과 루이 14세라는 인물들이
없었다면 프랑스가 오늘처럼 유럽 최고의 관광국이 되지는 못했으리란
점이다. 이 관광자원 모두가 두 영웅들이 토해놓은 슬픈 운명의
기록이다.

빠리에서 10년 넘게 살고 있는 친구를 통해서 언젠가 나폴레옹의

슬픈 인생에 대하여 3시간 정도 특강을 받은 적이 있다. 고교시절 세계사 시간에도 전혀 들어보지도 못했던, 흥미진진한 소설 같은 이야기였다. 빠리 시내를 관통하는 운하가 보이는 골목 안 한국 식당에서 소주 한 병에 생선회를 앞에 놓고 진지하게 진행되었던 그의 특강은 내 평생 동안 기억될 것이다.

중세 과학자이자, 불가사의한 예언가 노스트라다무스가 예언했듯이 나폴레옹이란 독재자, 황제는 나타났다. 나폴레옹의 출생지는 이태리와 프랑스 사이에 떠 있는 황량한 섬, 코르시카. 본질적으로 프랑스 땅도 아닌 곳에서 그는 태어났다. 그 섬은 지금도 독립하겠다고 가끔씩 투쟁을 하는 거친 섬.

그가 모시던 늙은 귀족 장군은 도저히 감당할 수 없는 그의 정부(情婦) 한 명을 나폴레옹이라는 그의 신참 참모에게 던져주어 버린다. 그녀가 누군지는 고교시절 세계사 시간에 외었을 것이다. 조세핀!

그 늙은 귀족 장군은 일부 군사를 떼주어 나폴레옹을 이태리 점령지역의 지휘관으로 보내버린다. 그런데 그곳에서부터 나폴레옹은 두각을 나타내기 시작한다. 편지를 보내도 답장이 없는 그녀—빠리 사교계에 파묻혀 있기에—때문에 군사들을 회군하여 빠리로 입성하는 나폴레옹. 춤추는 회의를 평정하고 황제로 추대되는 나폴레옹. 그것이 바로 그의 족쇄가 되어버린다.

황제의 대를 이을 자식을 못 낳는 그녀는 나폴레옹 곁에 있을 수 없었다. 나폴레옹은 명분을 지키기 위하여 유럽 정통의 왕권 핏줄을 필요로 한다. 합스부르크 가문의 공주와 정략 결혼하게 된다. 이제 그는 더이상 기습공격 위주의 야생적 전법을 구사할 수 없게 된다. 황제라는 체면이 있으니.

그리고 엄청난 폭우 속에 전투는 시작된다. 예상 밖의 변수가 터진다. 진흙탕 속에서 포병부대의 이동이 불가능하게 되어 패주했던 나폴레옹. 패주하였기에 빠리 귀족들에게 눈총을 사기 시작했고, 그는 담담히 작은 섬의 영주로 유배를 떠난다.

섬에서 바라본 세상이 답답하여 재기를 시작하였고, 옛날 그의 참모들이었던 당시 지휘관들은 그에게 투항한다. 길을 터준다. 군대를 모아 빠리까지 입성하지만 그는 혹한의 러시아 침공에서 결정타를 당하여 다시는 못 올 빠리를 떠난다. 그리고 떠나는 길에 호위병들에게 명령을 내린다. 말메종─ 그녀와의 공간에 한번 들르겠다고.

새벽녘 그는 마지막 유배지 세인트헬레나 섬으로 떠난다. 그리고 다시는 프랑스 땅을 밟지 못했다. 뼈만 돌아왔을 뿐이다.

'지금도 당신이 빠리 서쪽 말메종에 있는 샤또(성)에 가면 그들의 슬픈 운명은 숨쉬고 있다.'

위대한 프랑스는 그를 활용했을 뿐이고, 그는 그럴 비극을 알면서도 앞으로 나아갈 수밖에 없었는지도 모른다. 그리고 그는 프랑스 사교계에 몸과 마음을 탕진하여 시들어가는 꽃잎 하나에 사랑이라는 영원한 생명을 불어넣어준 인간으로만 기억되길 바라고 있는지도 모른다. 그의 일기는 오늘도 전한다. 빠리 시내의 거리 및 루브르 박물관에서 당신이 만나게 되는 보물들은 거의 모두 나폴레옹이 시민혁명의 깃발 아래 전쟁을 치르며 가져온 노획물들이다. 오벨리스크 탑이 그렇고, 이집트의 미라들도 그렇다.

1789년, 프랑스 시민대혁명이 일어나게 된다. 루이 16세의 목이 단두대의 이슬로 사라지며, 프랑스 왕조는 종료한다. 국가재정을 탕진하며 건축을 강행했던 베르사유 궁전 때문에 그로부터 100년 후 왕조가 끊기게 된 것이다. 그러나 베르사유 궁을 짓도록 채찍질을 했던 루이 14세가 없었다면 유럽 백인문명의 귀족문화를 보여줄 걸작은 탄생하지 않았을 것이다.

지금 전세계의 관광객은 베르사유 궁을 구경하려고 빠리 외곽으로 향한다. 베르사유로 향하는 기차 속에서 나는 생각한다. 프랑스의 관광 가이드 나폴레옹 보나빠르트와 루이 14세는 참으로 슬픈 운명의 사람들이었구나.

사람 잡는 프랑스어

프랑스에 가긴 갔지만 프랑스를 볼 수 없고, 알 수 없던 시절이 있었다. 공항에서 빠져나오는 길 양편에 붙어 있는 대형 광고판들이 무엇을 주장하는지 그림으로 추측할 수밖에 없었다.

지하철에서 내려서면 설마 EXIT라는 팻말 정도는 있겠지 라고 생각했건만, 막상 내려선 승강장— 두리번거려 보았자 그 어디에도 그런 글씨는 없었다. 하여서 사람들을 따라가보면 나가는 출구가 아니라 다른 지하철을 갈아타는 연결 통로가 되어버렸다. 나중에 알게 된 단어, SORTIE가 '출구'라는 뜻으로 걸려 있을 뿐.

SIDA가 음료수 '사이다'인지 추측했건만, 정작 SIDA는 에이즈라는 병이고, AIDEZ가 에이즈인지 추측했건만, '돕는다'라는 동사였다. 불어를 유창하게 하는 것은 프랑스에 가서도 10년 정도 있어야 가능해진다고 한다.

'행복하게(heureusement)'라는 단어를 처음 대했을 때는 웃음부터 나왔다. 무슨 발음이 이런가? 완전히 똥누고 깔아뭉개듯 희한하게 발음해야 되다니……

그러나 불어학교를 다니며 느끼게 되는 것은 이 나라 말은 우리 말과 마찬가지로 상당히 자연스런 언어라는 것이다. 대학에서 내가 전공한 독일어와 비교하여 내 나름대로 내린 결론이다. 독일어는 마치 수학처럼 문법적 공식이 지독하여서 냉철하게 조립하여야 의미가 자석처럼 정확히 딱-따닥-딱 달라붙는다.

즉 명사만 해도 남성형, 여성형, 중성형의 3종류가 있고, 그것들은 문장 속에서 1격(주격), 2격(소유격), 3격(간접 목적어), 4격(직접 목적어)의 역할에 따라 정확히 관사도 변하고, 형용사도 변하고, 명사도 격변화를 한다. 독어 문장의 의미 전달은 객관적이다. 마치 수학의 답이 한 개밖에 없듯이.

그러나 불어의 명사는 남성형, 여성형만 있고, 중성형이 없다. 또한 격변화도 단순하다 못해 없는 셈이다. 그리고 문법적 제한 규정이 독일어에 비하면 느슨하다. 즉 느낀 대로 대충 말하면 맞는 경우가 태반이다. 그 점 역시 우리의 말처럼 자연스런 점이다.

그러나 불어가 사람잡는 것은 단어나 표현의 '묘한' 뉘앙스 때문이다. 수학으로 치자면 답이 이것도 될 수 있고, 저것도 될 수 있다는 식이다. 바로 여기서부터 외국인과 자국인의 불어가 차이가 나고, 이 점 때문에 우리의 유학생들은 학위 논문을 쓸 때, 프랑스인을 통하여 논문을 정리해야 한다. 영악한 놈들은 영악하게 사람잡는 법을 알고 있는 듯하다.

이점 또한 독일어와는 상반된다. 언어의 묘한 뉘앙스라는 점에서 독일어는 젬병이다. 뉘앙스가 없다 할 정도로 곧이곧대로이다. 단어는 나름대로 상황에 의해서 각자가 합성어를 만들어 써도 무방하다. 그리하여 독일어에는 철자가 20자가 넘는 단어까지 많이 쓰여지지만, 그것들을 뜯어보면 여러 개의 단어들을 붙여 쓴 것밖에 안 된다.

그러나 불어에선 자기 마음대로 합성어를 썼다간 정신나간 사람 취급받기 십상이다. 프랑스에선 한 개의 신조어가 탄생하려면 '아카데미 프랑세즈'라는 국가 연구소의 심사를 거쳐서 승인되어야 한단다.

그런 식으로 만들어진 단어를 예로 들자.

'오디나뙤흐(Ordinateur)'. 컴퓨터라는 뜻을 프랑스어로 이렇게 표현한다. 아마도 전세계가 Computer를 자국어의 발음으로 풀어서 거의 원형 그대로 사용할 것이다. 적어도 로마 알파벳으로 언어를 쓰는 나라에선 그와 비슷하게 단어를 정립했을 것이다. 그러나 프랑스는 'Computer'를 반드시 'Ordinateur'라고 쓰고 읽는다. 하여간 희한한 나라이다.

우리의 경우는 어떤가. 갈수록 우리의 한국말이 오염되고 있지는 않은지, 갈수록 우리 자신이 스스로 주체성을 말살시키고 있지나 않은지 한번 생각해볼 일이다.

21세기에 우리는 이런 말을 쓸 것인가?

"모던 타임즈는 리얼하게 자신을 어필하여서는 미스테이크예요. 좀

더 환타스틱하게 마인드를 그레이드업해야 할 것입니다.

글로벌라이제이션된 쏘사이어티에서 우리의 라이벌은 마이셀프인지도 모르죠. 클리쉐를 브레이크오프해야 합니다."

사라진 쓰레기통

프랑스에 와서 TV 토론 프로를 보다가, 신기하게 주시한 것이 하나 있다. TV 화면의 한쪽 구석이 갑자기 좀 허옇게 되더니 웬 연기가 무럭무럭 올라오는 것이었다. 혹시나 방송 스튜디오에서 불이 났나 했는데 곧 궁금증이 풀렸다. 방송토론을 하면서 참석자들이 담배를 피우는 것이었다. '고정관념을 깨자'라고 TV가 나에게 고함 지르는 소리를 들은 것 같다.

프랑스의 전설적 가수 '갱스부르크'를 말로만 들었지 무슨 노래를 어떻게 불렀는지 몰랐다. 어느 날 그 고인에 대한 특집 프로가 있기에 보았다. 조용필, 서태지 등 꽉 차인 노래만을 들어보았던 나에게 그의 노래는 노래도 아니었다. 술 한잔 먹은 듯한 한 남자가 무대 위에서 흐느적거리며 노래를 하는지, 술주정을 하는지 알 수가 없었다. 그러나 그의 노래는 예전 노래에 대한 항거인 듯 보였다. 새롭다는 것이 그것만인지는 알 수 없었지만, 하여간 프랑스인들은 그에게 열광했다. 지금도 그를 신화로 기억하고 있다.

한번은 그가 TV 인터뷰 도중 500프랑(10만원 정도)짜리 지폐 한장을 꺼내더니, 라이터불로 태워버리는 해프닝도 있었다. 그 화면도 어김없이 방송되었다. 불어를 잘 모르는 나는 그 순간 그의 술 취한 듯한 말을 전혀 이해할 수 없어 안타까웠지만……

대충 이렇게 말했을지도 모른다. "돈이 뭐야, 돈이 뭔데 다들 지랄이야."

하여간 그는 노래부르는 무대에서도 GITANE이란 독한 담배를 피우고 있었고, 다 타면 또 새 담배로 불 붙여가며 무대 위에서 흐느적거린다.

그후 서울에 간다. 서울로 가는 비행기 속에서 나는 나 자신에게 타이르고 또 타일렀다. "서울 가면 담배꽁초는 꼭 길거리 쓰레기통에 버려야 경범죄를 면한다." 그것은 8시간이라는 시차만큼이나, 문화적 시차를 극복하려는 주문(呪文)이었다. 수리 수리-사바-담배-보살-.

그러나 내가 비운 일년 사이 서울 거리의 첫째 변화는 길거리에 하얀 철제 쓰레기통 자체가 없어졌다는 것이었다. 빠리에서는 아무렇게나 담배꽁초를 길바닥에 던지면 합법이었다. 예절이었다.

그래서 나는 서울의 길거리에서 피운 담배꽁초를 어떻게 할 줄 모르고 들고 다닌다. 들고 다니다간 군대 시절처럼 내 바지주머니에 슬쩍 넣는다. 사방을 경계하며.

하여간 서울은 지독히 깨끗하게 단장하려고 애쓰고 있었다. 인간의 체취까지 없애려고 애쓰는 것 같다면 과장일까. 그렇기에 주눅들은 우리는 뒷골목에서 인상쓰며 피워야만 한다.

이 수모를 겪느니 차라리 딱 끊어버릴까. 어떤 나라에선 금연운동이 펼쳐질 때마다 한편에선 흡연가의 권리도 존중되어야 한다고 맞장 뜬다던데—.

빠리 시청의 포스터

빠리 생활이 4개월째 되어갈 무렵, 어학학교와 집밖에 별로 보이는
게 없었다. 한마디로 몸은 유럽에 와 있는데, 뭐가 뭔지 몰라 즐길
형편도 못 되거니와 프랑스 정부의 학생 체류증을 계속 연장하기
위해선 어학학교에서 주간당 20시간의 강의를 등록한 증명서와 수업
출석 성실도를 지켜야 한다.

주당 20시간이란 월요일부터 금요일까지 하루 4시간씩 강의를
들어야 한다는 뜻이다. 나이도 나이지만 깡그리 모르는 불어를
이곳에서 시작한 나는 완전 초보였다.

처음에는 이랬다. 4시간 수업 분량은 한마디로 초보운전자가 4시간
차를 몰고 시내를 돌아다니는 피로감과 거의 같다고 주장하고 싶다.
초보운전 시절 차를 1시간 몰다가 들어오면 피곤하고 얼이 빠졌다.
바로 누우면 2시간 정도씩 깊은 잠에 빠지곤 하였다.

프랑스의 어학학교, 알레앙스 프랑세즈.

선생 입에서 열 마디가 나오면 한두 마디로 감잡아야 한다. 그나마도
못 알아들어 헤맬 때, 선생의 질문이 나한테 떨어질까봐 노심초사하는
불안감이 4시간 동안 계속되는 것이다.

게다가 선생은 대부분 여자들이고 프랑스 여자들은 정말이지 보통 아닌 성깔들이다. 그런 4개월이 지나면서 가을이 되었고, 초보운전이 얼치기 중견운전으로 변하는 느낌이 슬슬 들 때, 나는 어학학교를 옮겨야 했다.

첫째 훨씬 등록비가 싼 학교를 찾아야 했고, 둘째 동양인들의 문화와 언어도 모르면서 단지 말을 못한다는 이유만으로 너무 바보 취급하는 서양인 위주의 학급 분위기가 싫어진 탓이다. 사실 그들이야 언어적 구조가 서로 비슷하고, 심지어는 단어들도 비슷비슷하게 발음되는 같은 동네이다. 그렇게 그들 중심으로 우리 동양을 비교하려는 측면이 있어서 싫었다.

다른 학교를 찾았다. 덤으로 나는 말 못하는 나에게 친절을 베푸는 가족적 분위기도 얻게 되었다. 빠리 13구는 차이나타운이다. 그 속에 위치한 쌍 프롱띠에(Sans Frontier)라는 조그마한 어학학교.

그러나 중국계, 한국계의 학생들이 대다수이고 보니 너무 널널한 게 긴장감이 풀리는 문제점도 엄습해 왔다. 이러다가 대학교 입학시험에서 말 못한다고 불합격되는 건 아닐까. 그런 고민을 안고 학원이 끝나면 밤 10시.

나는 10시 25분에야 나타나는 버스를 정류장에서 홀로 기다리는 무료함이 싫어진다. 물론 밤엔 버스표를 안 내고 무임승차하는 아슬아슬한 쾌감도 있었지만. 또한 상쾌한 수업후의 이 해방감과 성취감을 지하철의 컴컴한 분위기로 연결시키는 것이 점점 싫어지기 시작했다. 이제 슬슬 빠리생활에 짠밥이 쌓인 것이다.

은근히 '걷자, 걸으며 그나마 빠리에 온 해방감을 만끽하자.'

빠삐용 같은 생각이 펼쳐나갈 즈음이면 이미 나는 걷고 있었고, 13구를 출발한 나는 빠리의 야경을 음미하며 5구의 집으로 향하고 있다.

고블랭 대로 내리막길을 걷다보면 빵떼옹 신전이 저 멀리 구릉위로 현란하다. 길 옆으론 수많은 까페와 그곳엔 포도주를 앞에 놓고 담소를 나누는 이들이 정답고…….

또 한쪽 편 극장 앞에는 젊은이들이 줄지어서 심야 영화 상영을 조용히 기다리고 있다. 그 길이 끝나면 유서깊은 빠리의 노천 시장 골목 '무프따드 길(rue mouffetard)'. 그 길을 따라 쭉 올라간다.

빠리 토박이들의 청년문화가 골목길을 따라 한창 펼쳐지고 있다. 뜨내기 외국인이라곤 거의 없는 뒷골목이지만, 이런 늦은 시간엔 더더욱 그렇다. 그렇기에 밤늦게 지나가는 나를 다소 물끄러미 쳐다보지만 누구 하나 인상쓰는 이도 없다. 서로 웃으며 지나가면 그만이다. 이때였다. 큰 포스터가 턱! 눈에 들어온 것은.

그런데 이상한 점은 주장하는 밑그림이 없는 것이었다.

"아니 이 큰 포스터에 글자만 몇자 써 있고 온통 검정 공간이라니—."

직업적 호기심이 발동한다. '주장하는 바가 뭔가?'

어두컴컴한 거리의 그 포스터는 뒷면의 형광등 장치에 힘입어 더욱 묘하게 빛을 발하고 있었다. '이것도 새로운 장치군!'

다가서니, 아뿔싸! 온통 검정 공간의 여백 속에 아주 작게 웬 허여물구레한 비닐봉지가 하나 보인다. 뭐 이런 포스터가 다 있나? 더욱 가까이 가본다.

낯선 땅 빠리, 외국 관광객들이 거의 알 리 만무한 무프따드 뒷골목, 한밤중. 그 형광등 빛으로 훤한 포스터에 다가서는 동양 돌쇠, 그게 나였다. 그런데 정말 웃기는 것은 그 허여물구레한 비닐봉지였다.

다가서며 자세히 뜯어보니 다름 아닌 한개의 콘돔이었다. 이런 젠장! 포스터 문구는 쉽게 해석되었다. '당신의 아름다운 인생을 위하여' 뭐 대충 그런 거였다.

아름다운 콘도 선전이 아니라 좀 뭐한 콘돔 선전이었다. 기가 막혀 실소를 터뜨리는 나에게 또 하나 궁금함이 싹튼다. 도대체 어떤 놈들이 비싼 돈 들여 이 큰 포스터 만들어, 이 아름다운 길거리(그것도 빠리의 길거리)를 오염시키기 시작하나? 시선을 내려 훑어본다. 선명히 쓰여 있었다. MAIRIE DE PARIS! 포스터 주인은 '빠리 시청'이었다.

시라크 대통령이 빠리 시장이던 시절 이야기이다. 그가 빠리 시장 재임 시절에 콘돔 포스터를 결재 사인했으리라고 추측할 수 있다. 하여간 특이한 나라이다!

에펠탑의 네온

빠리 지하철의 서쪽 끝 라 데팡스에서 교외선 기차를 타고 베르사유 우측 강변이 종점인 기차를 타야 집으로 간다. 어학학교 끝나고 밤 10시 40분쯤 그 기차를 올라탄다.

빠리의 서남쪽은 한마디로 부촌이고 녹지 공간이 더욱 많은 곳이다. 불로뉴숲으로 시작하여 거의 녹색 공간 속에 듬성듬성 마을들이 스쳐가는 셈이다. 기차 안에는 희한하게 거의 흑인이 없고, 동양 얼굴은 전혀 없다. 기나긴 차량 안을 훑어보았자 백인 아닌 사람은 나밖에 없었다. 그날도!

나의 시선은 창 밖으로 향한다. 다른 백인 승객들은 거의 책을 꺼내 보고 있다.(보통 시내 지하철에선 그들도 책을 즐겨 읽지 않는다.)

빠리 서남쪽으로 향하던 기차의 창 밖으로 에펠탑이 흘러 가는데 오늘따라 이상하게도 선명하게 붉은 마크가 에펠탑의 허리에 걸려 있다. 붉은 네온이다. 저게 무언데 그토록 콧대 높은 프랑스의 자부심— 에펠탑에 저렇게 크게 매달린 채 밤에도 시뻘건 광채를 띠고 있는 것일까?

며칠 후 TV에서 알게 된 마크, 그것은 에이즈 심볼마크였다.

텔레비전에선 한창 에이즈와 동성연애에 대한 토론 프로가 불붙고 있다. 멍청한 나는 불어공부를 위하여 14인치 일제 AKAI 텔레비전을 켜놓고, 포르투갈에서 조립된 삼성 비디오데크로 녹화하며 쳐다보고 있다.

그 와중에 스치는 직업 의식 하나— 정말 프랑스 놈들은 방송 제작비 들게 없겠구나. 허구헌날 말잔치 벌이는 토론 프로만 하고 있으니. 게다가 프랑스 사람 치고 말 못하는 사람 있으면 손들어봐라 그래. 전부 말들 잘하니 아무나 앉혀놓고 카메라 세워놓으면 방송프로 하나씩 나오겠군. 우리처럼 메뚜기도 한철이라고 방방거리는 새끼 탤런트들 팔목잡고 드라마 찍자고 스케줄 맞춰줄 필요도 없고…….

그 순간 방청석에서 한 청년이 튀어나와서 뭐라고 초대손님 발언자에게 반항하듯 자기 이야기를 떠든다. 그러면 방청석에서 박수치고 난리 난다. 그런 후 그 청년은 회한에 빠진 듯, 인생이 벅찬지 눈물을 글썽거린다. 이때 초대손님 중에 끼여 있던 유명한 여가수가 다가와서 그에게 프렌치 키스를 해준다. 그리고 좌담 프로는 본래의 궤도를 벗어나 그 청년에 대한 연민으로 흐른다.

그리고 방송 종료시간이 되었건만 토론은 끝날 줄 모른다. 방송은 2분, 3분, 5분, 15분, 30분 정도 연장되어 계속되지만 방청객까지 합세한 토론은 도저히 사회자의 멘트로 끝낼 수 없는 상황에 도달한다. PD는 제작 스태프 자막을 화면 하단으로 빨리 흘리며 방송을 끝내

버린다. 그 이유야 말해서 뭘 하나! 다음 프로 PD도 밥먹고 살아야 하니까—. 대충 그런 프로였다.

불어 학습 삼아 비디오를 다시 감아 틀어본다. 자세한 상황은 이랬다. 초반에 에이즈란 병은 문화인류학적으로 치명적 위기라고 정의 내린다. 그것을 우리가 극복치 않는 한 인류 미래가 펼쳐질 수 없음을 말한다. 역사적 발견과 현재 에이즈가 심각한 나라들이 도표로 설명된다. 아시아권은 거의 모든 국가들이 감염정도가 공식 통계보다 3배에서 10배까지 심각하다고 한다. 그리곤 일상 예방법을 나열하며 콘돔에 대한 이야기가 펼쳐진다. 우리로선 낯뜨거운 이야기가 마구 쏟아져 나온다.

사용법까지 나열된다. 이렇게 뜯어서 거시기에 이렇게 대고 끝까지(jusqu'au bout) 밀어 내려라는 둥, 정말 낯뜨거운 이야기를 끝까지 밀고 나가며 의미심장한 전도사처럼 흥이 난 미모의 젊은 여자.

한마디로 황당하다. 그리곤 특히 시골에 살며 마을 약국 가서 콘돔 달라 하긴 창피하니 자판기를 더 많이 마련해야 된다느니, 별의별 시시콜콜한 것까지 아주 심각하게 토론한다. 그리고 얼마 후 전문가들이 초대 손님으로 나와 동성연애자들에 대한 사회학적 심리학적 접근을 진행한다.

이때 방청석에서 약간의 야유가 간헐적으로 출렁거린다. 아마도 동성연애자를 좋게 보지 않는 이야기가 펼쳐졌나 보다. 야유가 조금 더

커지는 듯하다. 한국의 TV라면 있을 수도 없는 일이다.

방청석은 돈주고 끌어모은, 쉬운 말로 엑스트라요, 빨리 끝나고 돈받아 나가면 그만이다. 그리고 방청석이 야유했다간 주조실인지 부조실에 앉아 있을 PD가 플로어에 뛰어 내려와 그곳을 진행중인 FD를 한방으로 날렸을 것이다. "이 새끼야, 방청석도 못 잡아?"

그런 순간 방청석의 한 청년이 튀어나와 마이크를 잡고 미친 듯이 이야기한다. "나는 동성연애자이다. 나는 어릴 때부터 특별했었고, 어쩔 수 없이 동성연애자가 되었다. 그래도 후회는 없다. 부모님께도 말씀드렸고 나는 나의 인생을 살고 있다. 에이즈에 걸렸지만 나는 달리 선택할 내 인생이 없었다."

방청석은 환호의 박수소리가 요란하고, 초대 손님 몇몇은 완전히 맛이 간 표정이다. 물론 PD는 어쨌는지까진 난 모르겠다. 한국식으로 말하자면 쾌재를 불렀을 것이다.

그리고 울먹이는 그 청년에게 다가와서 입술과 입술을 포개는 미모의 여자는 잘 나가는 유명 여가수. 둘은 얼싸안고 감격에 벅차다.

카메라는 끝까지 그 청년을 클로즈업으로 잡는다. 그리하여 그들의 토론 프로는 본격적으로 불이 붙기 시작했다.

치즈와 된장

모처럼 해가 떴다. 구름 한 점 없는 날이면 빠리에선 먼 풍경까지 선명하게 눈에 들어온다. 너무 선명하여 촌스러울 정도로 원색들이 다가온다. 시도 때도 없이 내리는 비와 대서양에서 불어오는 바람이 먼지를 다 쓸어가는 모양이다.

창 밖의 풍경을 바라본다. 그 어디에서건 산은 보이지 않는다. 그렇다. 유럽은 온통 녹색 평야지대인 것 같다.

서울에 있을 때 주말에 이런 날씨면 나는 미시령, 한계령을 오르곤 했다. 산, 산을 보기 위해서. 그러나 빠리 근교에선 동네 뒷산 같은 구릉조차 볼 수 없다. 그렇다면 이들은 산 대신 어디에 가서 자연을 느끼며 사는 것일까? 이런 나의 궁금증은 몇 달 후에야 풀리게 되었다. 자전거를 한 대 구입한 이후부터.

빠리의 도심을 벗어나서 주변 도시의 정취를 즐기는 것은 자전거가 있어야 제맛이 난다. 빠리에선 투자 이상으로 즐거움을 가져다주는 것이 자전거 하이킹이다. 정말 좋은 산책이다. 빠리 외곽의 전원 도시는 걸어다니며 음미하기엔 너무 넓게 펼쳐져 있고, 이런 구경을 하기엔 자동차는 너무 빨리 내달려야 하는 도구이다. 하여서 자전거가 제격이다.

나의 동네인 빠리의 서남부 교외 마을들로 이어지는 길을 달려본다, 생 끌루, 빌 다브레, 샤빌, 꾸루브와, 말 메종, 베르사유로 달리며 느낀다. '아— 유럽에선 산 대신 숲이 있구나.'

휴일의 숲에선 꿈길을 거닐 듯이 그 속을 산책하는 가족들을 많이 만난다. 싸온 음식을 먹으며 포도주를 마시고 숲속에 자리 깔고 누워 자기들만의 시간을 조용히 보낸다. 그 숲은 공원의 잔디밭과는 다르다. 30~40만평의 평지가 온통 나무들이다.

심지어는 과천시만한 숲도 있다. 평지 산책로의 나무들. 우리는 산이 많기에 산에 오르고, 이들에겐 평지 야생 숲이 많기에 그곳을 거닐며 삶의 휴식을 찾는다.

베토벤이 이런 숲속을 거닐며 선율에 대한 영감을 키웠다면, 우리 선조는 지리산 깊은 골짜기에서 창을 연마하고 득음했던 것이다.

어떤 한 한국 청년이 유럽에 여행 와서 빠리에서 며칠을 돌아다닌 뒤, 어딘가 교외로 가는 기차를 탄 모양이다. 그런데 한가지 이상한 점이 있었다. 아무데나 앉으면 되는 객차이건만 어느 누구도 그가 먼저 차지하고 있는 좌석 근처에는 얼씬거리지도 않았다.

이윽고 기차는 출발한다. 그가 약간 겸연쩍어했는지, 전혀 감잡지 못했는지 나는 모르겠다. 드디어 객차 내 화장실에 가서 용무를 보고 앞의 거울을 보는 순간 그는 비명을 지를 뻔했단다. 그리곤 정신을 가다듬으며 깨달았단다. 왜 사람들이 자기의 앞, 옆자리에 앉지 않았는지를.

거울에 비치는 그 얼굴은 며칠 사이 그가 보아온 사람들과는 확실히 다르게 생겼다는 것을 비로소 깨닫고 황당했나 보다. 그래서 비명 지를 뻔했나 보다. 며칠 동안 그는 온통 백인들만을 보았을 것이다. 그 문화 속에서 그 자신도 그렇게 생겼으리라고 일체감을 갖게 되었나 보다. 그러나 막상 돌아본 그의 얼굴은 확실히 그들과는 구조적으로 다르게 생겼었나 보다. 나 역시 이 이야기에 동감할 수밖에 없다.

에스떼띠시앙(Estheticien) 혹은 에스떼띠시엔느(Estheticlenne). 얼핏 보기에는 무슨 미학자, 미학 전문가라는 뜻 같다. 그런데 프랑스에선 '미용사'라는 뜻이다.

프랑스에 와서 처음으로 미용실에 들어갔을 때의 일이다. 키가 175센티는 될 듯한 백인 아가씨가 반긴다. 늘씬한 몸매에 화려한 미소가 나를 향해 인사를 한다. 다소 위축된 표정으로 나도 인사를 건넨 후, "지금 머리를 깎을 수 있나요?"하고 물어본다. 왜냐하면 프랑스는 워낙 랑데부(예약)의 나라이기에.

다행히 시간이 나는지 그녀는 점퍼를 벗고 의자에 앉으라고 한다. 알아서 긴다고 나는 점퍼를 벗어 옷걸이에 걸고 거울 앞의 의자에 앉았다. 그녀는 다소 당황하며 이쪽으로 앉으라고 지적해준다.

바라보면 웬 낯선 위치에 놓인 의자와 그 뒤편의 구조물. 얼떨결에 자리를 옮겨 앉아본다. '설마 네가 나를 죽이기야 하겠냐. 게다가 이곳이 변태 영업의 이발소는 아닌 듯하니까.'

통유리를 쇼윈도처럼 해놓은 것이 이곳 미용실의 공통점이기에 밖에서도 훤히 들여다볼 수 있다. 그리고 나는 여태껏 변태 미용실이란 말은 한국에서도 들어본 적이 없다. 게다가 프랑스는 습습한 문화가 아니지 않은가.

앉자마자 웬 기계의 작동으로 나의 상체가 뒤로 눕혀진다. 눈을 감는다. 이윽고 머리카락엔 물이 뿜어진다. 그리고 아마도 샴푸질이 시작되는가 보다. 그때야 이게 뭔지 알게 되었다. 뒤로 머리감기. 한국에서는 앞으로 고개 숙여 박박 감는 것이 전통이다. 그런데 이곳 유럽은 뒤로 얼굴을 젖히고 머리를 감는구나.

오래 전 본 영화가 떠오른다. 로버트 레드포드와 메릴 스트립 주연의 '아웃 오브 아프리카'. 메릴 스트립은 유럽 네덜란드인가 하는 나라의 귀족 계급임에도 불구하고 남편과 함께 새로운 지상 낙원을 찾아나선 곳이 아프리카, 그들의 식민지 땅. 그곳에서 그녀는 평온한 인생을 꿈꾸었으며, 노예들을 개화시켜 새로운 문명을 가꿔나가려는 옹골찬 착각(?)을 한다. 그러나 남편이 갖고 온 매독이란 병에 낙담한 후 그녀는 남편과 헤어지려 한다.

이때 운명의 장난이었던가, 원작 소설의 재미였던가 로버트 레드포드가 그녀 앞에 나타난다. 그의 캐릭터는 아프리카를 떠다니는 백인 문명의 방랑인. 이 영화의 레드포드는 '떠다님'을 강조키 위해 자가용 비행기까지 타고 떠다니다가 결국은 그 '떠다니는' 버릇 때문에 '애꿎은' 땅 아프리카에 떨어져 죽는다. 이 영화야말로 백인들의 시대착오적 낭만주의를 반영한다.

그런데 나는 이 영화에서 처음으로 '뒤로 머리감기'를 보았다. 아프리카의 들녘에서의 일이다. 메릴 스트립을 의자에 앉히고 그녀의 머리를 뒤로 젖힌 후 로버트 레드포드는 도자기병 속의 물을 뿌리며 그녀의 머리를 감겨주는 장면— 그런 상황이었다. '아, 유럽에선 특별한 사랑의 표현으로 연인의 머리를 감겨줄 땐 저렇게 뒤로 하는구나'라고 나는 한심한 공상을 했었다. 참으로 한심한 문화 유입이었다.

오늘 빠리에서 비로소 당한 일이지만 그네들은 이렇게 머리를 감겨주나 보다. 오늘 이 여자가 특별한 사랑의 표현으로 이런 자세로 나를 머리 감겨준다고 착각했다간 그야말로 해설 불가능한 코미디가 될 뻔했다. 그래도 나는 황홀했다. '아웃 오브 아프리카'의 로버트 레드포드처럼, 메릴 스트립처럼.

드골이 말했던 것으로 기억한다. "300종류 이상의 치즈를 먹는 프랑스 사람들을 통치하기란 정말 어렵다."

어릴 때는 이런 말을 들으며 '프랑스-치즈'라는 두 단어에 왠지 주눅 들었었다. 이제와서 생각하니 그럴 필요까지는 없었는데……. 적어도 치즈라는 것은 대단치 않은 것이다. 프랑스는 대단하다고 인정하고 연구해 볼 만하겠지만.

치즈는 우리로 치자면 된장 덩어리라고나 하자. 유럽에 가면 치즈만 파는 가게들이 곳곳에 있다. 그리고 대형 하이퍼마켓에 가보아도 별도로 아주 큰 코너가 있다.

300종류의 치즈가 어떻게 생겼는지 살펴보자. 한마디로 코를 쥐어틀고 바라보든지, 뛰면서 지나쳐버리든지 해야지 도저히 그것을 바라만 보고 있을 수가 없다. 물론 비위가 강한 체질이지만, 나 역시 그것만은 참을 수가 없다. 빨 양말을 쌓아놓았을 때의 썩는 냄새가 이것보다 더할라구. 발꼬린내라고 표현해야 할 정도이다.

그렇다면 그들이 이것을 즐겨 먹는 이유는 무엇일까? 발효식품이기 때문이다. 우리로 치자면 된장이다. 우리도 된장의 종류나 된장으로 만든 요리가 300종류도 더 될 것이다. 우리도 얼마든지 다양한 취향과 개성을 갖고 있는 까다로운 문화 민족이다. 어디에서건 식문화가 아주 중요한 문화인 이상, 치즈를 먹는 민족과 된장을 먹는 민족은 근본이 다를 수밖에 없을 것이다.

몇해 전 일본을 처음으로 갔을 때, 길거리에 즐비한 자판기를 보고 깜짝 놀랐다. 당시 우리나라에는 종이컵 커피자판기와 지하철표 자판기가 전부일 때였다. 그런데 일본에는 우동자판기, 맥주자판기, 게다가 도색잡지 자판기까지 있었다.

그러나 이곳 프랑스는 신기할 정도로 자판기가 없다. 이들은 일본 가서 자판기도 못 보았나 할 정도로 온 종일 돌아다녀도 커피 자판기조차 한두 대 보일 뿐이다. 지하철표 자판기가 설치된 곳도 드물다. 기차역에는 기차표 자판기가 놓여 있는 걸 보면 기술이 없어서 못 만드는 것은 분명 아닌 듯한데.

그러다 보니 나에게 굉장히 불편한 점이 딱 한가지 있다. 담배 자판기. 프랑스에선 담배 파는 장소가 정말, 정말 특별한 곳이다. 서울처럼 약국에서도 팔고, 문방구에서도 팔고, 양복점에서도 팔고, 토큰가게에서도 팔고 하는 식이 아니다. 길 걷다가 고개만 돌리면 5미터 내에 있다.

그러나 프랑스에 처음 온 사람은 담배 사러 돌아다니다가 관광할 시간 놓칠 정도로 눈 씻고 보았자 담배가게가 없다. TABAC라고 빨간색 마름모 모양의 간판이 붙은 까페나 흡연용품 전문점에서나 담배를 판다. 그런데 그 간판이 잘 눈에 띄지 않을 뿐더러, 실제로 드문드문 있다. 게다가 유럽에서는 토요일 오후부터 월요일 아침 까지는 웬만한 까페는 문을 닫는다. 게다가 시도 때도 없이 까페 주인은 문닫고 바캉스 떠난다.

그러니 과천쯤 사는 사람이 토요일 밤에 담배 떨어지면, 재떨이

속의 꽁초를 주워 밤새 빡빡 피우다가 일요일 해가 뜨면 버스 타고 서울역이나 종로 3가까지 나와야 문을 연 'TABAC' 간판을 발견할 것이다.

그렇다면 '빠리에서 커피나 담배 자판기를 설치, 운영하면 떼돈 벌 것'이라고 머리 회전시킬 수 있다. 그러나 내가 들은 한 마디의 말. '프랑스인들은 기계와 대화하는 것을 좋아하지 않는다. 사람끼리 마음을 주고 받는 문화이다.'

그래서일까, 자동차라는 '기계'에는 마음이 없기에 그렇게 정을 안 쏟고 험하게 끌고 다니는지도 모르겠다. 우리는 컴퓨터 교육을 어릴 때부터 해야 한다고 법석이지만, 프랑스에서는 그런 열기가 없다. 컴퓨터야말로 머리도 없는 게 잘난 척은 그들보다 많이 하니 재수 없는 '기계'인가 보다.

그래서인지 프랑스인들은 은행 창구에서건 역 매표소의 창구에서건 직원과 손님간의 대화가 끝이 없고, 애꿎게 뒤에서 기다리는 동양인의 애를 끓게 한다. 돈 내미는 것이 과객이요, 표만 주면 되는 것이 매표소의 직원이련만 사람끼리의 마음을 주고 받는 절차가 왜 그리도 간절한지……. 좀처럼 헤아리기 힘들다.

그렇기에 10분쯤 후에 출발하는 기차표를 사려고 역 매표소 앞의 줄에 서보았자, 그 앞에 7~8명이 줄을 이루고 있으면 그 기차는 포기하는 것이 현명하다.

그 줄이 빠지려면 15분은 족히 걸릴 것이다. 우리처럼 숨 넘어가듯이 기차표 사는 사람들은 좀처럼 없다. 결국 출발하는 기차를 멍하게 바라볼 수밖에…….

제3장

빠리의 지하 카페. 30대 여가수가 노래를 부르고 있다.
"당신은 울고 있군요…." 가사의 내용은 그랬다.
이때였다. 홀로 앉아 있는 중년 사내,
그 눈가로 눈물이 주르륵 ─ 떨어졌다.
그건 영화 촬영장 속에서 라스트신을 찍던 연기자의
100점짜리 연기였다.
그 작은 몸매의 가수는 손수건을 그에게 건네주었다.
한 남자는 수줍게 눈물을 닦았고,
한 여자(여가수)는 부드러운 미소로 그를 바라보았고…
두 사람은 서로를 바라보며 그렇게 그 노래는 끝나고 있었다.

홍세화, 바람보다 아름다운 사람

동시대를 함께 살고 있는 인물을 그린다는 것은 참으로 어려운 일이다. 단언코. 그러나 지금 나는 단언코 그 일을 해내고 싶다. 비록 글이라는, 내게는 서먹한 막대기를 쥐고서라도 그를 그리고 싶다. 한때 프랑스에서 2년 반 넘게 그의 이야기를 영화화하려 한 적이 있었다. 그때도 바로 이점이 너무도 힘들었다. 함께 살고 있는 실존 인물을 그린다는 것.

제작자, 기획자, 투자자 등등 그 모든 이들이 이러쿵 저러쿵 픽션(Fiction)화하여 영화적 재미를 듬뿍 뿌려주길 원했지만 나는 '그'가 자신의 삶 역정을 기록한 그의 책이 픽션 이상의 드라마성을 갖고 있는데 왜 하필 엉뚱한 재미를 찾아나서냐고 반박했고, 결국 '그들'은 나에게서 떠났다. 나의 융통성 없음에 혀를 차며 영화 제작 투자를 하지 않았다.

그러나 내 머릿속엔 이미 영상이 흐른다. 처음부터 끝까지 강물처럼 바람처럼. 나에겐 한없이 아름다운 영화이고, 끝없이 가슴 아픈 영화인 것 같다. 그 속엔 인생이 높낮이가 흐르길래 더더욱 내가 좋아하는 나의 영화이다. 그러나 누구도 이러한 나의 영화를 볼 수가 없다. 현존하는 물체가 아니기에. 그 영화의 제목은 〈나는 빠리의 택시 운전사〉이다.

　홍세화.

　그는 내가 빠리에서 만난 한국인 중 가장 융통성없는 쑥맥이다. 또한 그는 내가 빠리에서 만난 한국인 중 가장 뛰어난 가창력의 카수이다. 그리고 마지막으로…… 내가 빠리에서 만난 한국인 중 가장 조국을 그리워하고 있다.

　3년 전 여름, 그를 처음으로 만나려고 빠리 뽕피두 문화센터 옆 커다란 까페에 앉아 있었다. 물론 제작자를 동반한 공식적 자리였다. 정말 그런 사람이 있어 이 자리로 저벅저벅 걸어올 것인가조차 믿어지지 않는 '정신적 혼란'이 밀려오며, 동시에 또 한편으론 정말 내가 다시 영화감독으로 작품을 이끌 수 있다는 것 자체가 '헛꿈'이 아닐까 하여 괜히 비식비식 헛웃음이 새어나왔다.

　결국 시간이 지나서 그 사람은 나타났다. 정말 책에서 본 얼굴이었다. 아니 오히려 책의 사진보다는 훨씬 초췌하고 피로해 보였다. 책 출간 후 어마어마한 베스트셀러 작가 반열에 올라앉았건만 왜 이토록 지친 표정일까, 이해되지 않았다. 그러나 세월이 흐른 후에야 이해하게 되었다. 홍세화라면 그럴 수도 있는 사람이라는 것을…….

하여튼 우리(제작자와 나)는 포도주 잔을 앞에 두고 이런저런 제안을 하였던 것 같다. 그러나 그는 자신의 책이 한국에서 왜 그토록 베스트셀러로 둔갑하였는지 어리둥절한 이방인일 뿐이었다. 게다가 영화라는 통속적 장사꾼들이 자신을 포장하려 덤벼드니 더욱 어리둥절할 수밖에.

물론 서울의 출판사를 통하여 추리고 골라 우리들이 선택된 내막을 그 자신도 알기에 간간이 신뢰의 표정을 띄워주었지만, 기본적으로 그의 부인은 영화화를 완강히 반대하고 있으니 그녀에게 접근할 생각은 접어주길 당부하는 눈치가 역력했다. 결국 나는 가방을 뒤져 나의 전작(대표작?)인 '꼴찌부터 일등까지 우리 반을 찾습니다'의 비디오 테이프를 전해주는 것으로 그 자리를 정리할 수밖에 없었다.

그리고 세월이 흘렀다. 물론 그도 나도 빠리의 지붕 밑에서 살고 있었지만 감히 쉽게 접근하기에는 벽이 존재하고 있었다.

그렇게 몇 개월이 흘러 서울에서 마당극 연출자인 임진택 형이 빠리로 날아왔다. 그는 홍세화의 매니저(?)이다. 20년간 빠리에 버려진 존재에게 연락을 취한 유일한 한국의 동료이며, 대학시절 후배이며, 〈나는 빠리의…〉 책이 탄생하는데 막대한 공헌을 한 그가 온 것이다. 빠리 한인 사회에서 주관하는 판소리 행사에 초대되어.

이제 상황은 눈녹듯이 풀리게 된다. 도착한 첫날 밤부터 임진택 선배의 재담과 익살 속에서 세화 형과 나는 선후배가 되기 시작했다.

그런 그들이 20여 년 만에 만났으니 부어라 마셔라 불러라 두드려라 술판은 무르익었고, 드디어 관중들의 박수 속에서 세화 형의 노래 순서가 되었다. 좌중은 순간 물을 끼얹은 듯 숙연함마저 흐른 뒤, 수줍은 그의 말이 흘렀다.

"그 노래는 정말 안한 지 오래됐는데……."

그렇게 '루루루─ 지금도 마로니에는 피고 있겠지─'는 시작되었다. 그때 난 눈을 감을 수밖에 없었다. 그건 내가 생각한 감미로운 음률이 아니었다. 그 감정 자체가 그를 표현했다고나 할까, 그를 상징화 했다고나 할까. 하여간 내가 예상한 수위가 아니었다.

그 속엔 20년 정치 망명객의 눈물이 흐르고 있었고, 그 수위는 내가 생각한 수치가 아니었다. 난 여직까지 살아오며 그토록 긴장된 감정을 그토록 감미롭게 처리하는 가객을 본 적이 없다. 그는 진정 가객이었다. 카수가 아니었다. 게다가 웃기게도 음치기가 다분한 가객이었다.

그리고 몇 달간을 고민했다. 그것이 무엇일까? 뭐라고 표현해야 되나? 그리고 단어를 찾아내었다. 낙차. 인생의 낙차.

낙차가 큰 인간이 깨닫는 세상의 의미는 그렇지 않은 세월을 살아온 인간들과는 다른 것이다. 그렇다. 그는 사물에 대한 말을 하진 않지만, 사물의 의미를 꿰뚫고 있다.

난 그의 책 〈나는 빠리의 택시운전사〉에서 음미한 수많은 대목

중에서도 대학생 홍세화가 갓 태어나 죽을 수밖에 없었던 동생을
그리며 뛰어다니던 바닷가 빗속 장면을 잊을 수 없다. 분명 현상적으론
미친 놈의 지랄일 것이다. 그러나 그에겐 너무도 절실한 몸부림
이었으리라. 그렇다고 내가 그 대목을 그에게 질문 던진 적은 없다.
차마 묻고 싶지조차 않았기에.

며칠이 지나서 임진택 선배의 판소리 공연이 있었고, 나는 외로운 땅
빠리에서 듣는 그 소리에 가슴이 미어질 것 같았다. 아마도 세화 형은
울었으리라. 20년 세월 속에서 처음 대하는 판소리, 게다가 대학시절
장난꾸러기 후배가 부르는 판소리. 박수 속에서 판소리가 끝나니 밖은
억수같은 비가 내리고 있었다. 난 그날 세화 형을 보고 싶지 않았다.

그리고 며칠 후 드디어 세화 형네 집에서 저녁식사 상이 차려진다는
말을 접했고 잽싸게 나도 동승했다. 물론 나를 위한 자리는 아니었다.
대학시절 세화 형과의 연애시절에 온갖 양념을 뿌려주었던 장난꾸러기
임진택을 위하여 홍 선배의 아내가 저녁식사를 차린 것이었다. 나의
흥분은 극에 도달했다.

그동안 시나리오를 써내려오며 숱하게 뒤적거린 그 책 속의 집.
꾸르부와의 그의 아파트! 종합상사 빠리 지사원으로 배당받은 호화판
저택이 아닌 빠리 택시 운전사로 삶을 시작하며 줄곧 살고 있던
'단칸방 아파트'.

그곳을 향하던 나의 긴장은 희미한 옛사랑의 그림자를 찾아가는

순진한 남자의 마음이었으리라.

아파트 문이 열리고 들어선 공간엔 한국이 펼쳐지고 있었다. 그림들과 소품들, 모두가 한국이었다. 그리고 흙의 내음이었다. 그리고 그곳엔 사람들이 있었다. 형수(부인)와 아들과 딸과 그리고 또 누가 있는 듯했다. 물론 그 누군 세화 형이 아니었다. 나중에 일년이 지나서야 알게 된 사실이지만 장모님이 계셨다. 나로선 흥분할 수밖에. 왜냐하면 내가 만들려는 영화는 그들 '가족' 이야기였길래. 나에겐 세화 형보다는 그들 가족이 궁금할 수밖에……

사실 〈나는 빠리의 택시운전사〉 책 속에는 가족에 대한 이야기는 극히 절제되어 묻어나오지 않길래 대단히 미스테리였다. 그만큼 세화 형은 자신 속의 고독에 살기에 가족까지 거론코자 원치 않는 인물이었다.

하여간 그날 거나한 한판 잔치상이 시작되었다. 불고기에 갖가지 김치들. 외국생활을 해본 사람은 다 안다. 외국에서 한국 식단을 짠다는 것이 얼마나 힘든지. 그래서인지 임진택 형은 그런 의미를 모조리 헤아리는 것 같진 않았지만, 나는 황송한 자리에서 황송한 밥상을 받으며 배가 터지게 먹었고, 이 점이 형수에게 점수를 따기 시작하였다.

밥상머리에서 펼쳐지는 딸(수연)과 아들(용빈)의 일상적 대화가 프랑스어로 펼쳐짐은 가슴 아픈 현상이었지만, 그들은 한국이 정말 존재하는 땅인지조차 믿을 수 없거니와 그 땅은 그들을 박해한 땅일 텐데 이는 그들의 문제가 아니라 우리의 문제였다. 정치 망명객의 자식들이기에 그들은 할아버지, 할머니가 살아 계시는 조국에 올 수도 없다. 국적을 바꾸지 않는 한.

그렇게 박정희 정권이 만들어낸 남민전 사건은 살아 숨쉬고 있었다. 밥상을 물리며 우리의 대화는 삼삼오오 나누어지기 시작하였다. 이때를 기다렸다는 듯 나는 형수와의 데이트에 몰두하기 시작했다. 그곳의 작은 베란다를 넘쳐흐르는 듯한 나무와 꽃들, 그리고 아프리카 조각품들은 형수의 콜렉션이었고, 그녀의 대화상대인 듯했고, 나는 그것들을 찬미해주면 되었다. 물론 아름다웠다.

그만큼 세화 형은 집에 들어오면 입을 열지 않는 인간이란 점이 노출되는 과정이었다. 그렇기에 형수는 자신의 영역을 찾아나선 것이 그 콜렉션이었다. 그날 최대의 발견은 내가 그녀의 말 상대자로서 커다란 의미를 갖게 되었다는 사실이다.

그리고 정말 그 집은 책에서 본 대로였다. 베란다 쪽 큰 창 밖으론 하염없이 뻗어나가는 저녁 노을이 있었고 베란다 창 밖 아래엔 정말 공동묘지가 있었다. 살아 있는 인간을 해코지 않는 죽음들이 있었다. 그리고 자신의 진술서 〈나는 빠리의…〉를 무릎꿇고 집필하였던 그 조그마한 탁자가 있었다.

그리고 몇 달이 지났을까. 나는 드디어 용기를 내어 그녀가 점원으로 근무하는 빠리의 화장품 면세점으로 전화를 걸었고, 흔쾌히 승낙을 받았다. 오늘 저녁 퇴근 후 일대일로 만나기로. 나는 가슴이 두근거리기 시작했다. 그녀와 둘만의 만남이 시작된 것이다.

빠리 구 도심의 핵심, 마레지구를 바라보며 우리는 마주 앉아 레바논 요리를 시켰다. 그리고 밤이 깊었다. 포도주 술잔 속에서.

참으로 많은 대화가 있었다. 드디어 그녀는 헤어지기 전에 슬그머니 한 장의 메모지를 꺼내놓았다. 수줍게.

그때 멀리 세화 형은 그의 아내인 그녀를 모시려고 우리 쪽으로 걸어오고 있었다. 난 잽싸게 그녀의 쪽지를 가방 속으로 밀어 넣었다. 그리고 그렇게 사라지는 그들을 바라보며 허리 굽혀 인사를 하며 손도 흔들었다.

세느 강을 건너 하염없이 걷기 시작했다. 걸으며 걸으며 그것이 궁금해 미칠 지경이었다. 그렇게 도착한 뤽상부르그 공원 앞 사무실에서 난 포도주를 병째 들이켰다.

그녀의 쪽지가 날 울렸다. 세화 형의 그 책에 나는 울적거렸을 뿐인데. 그날 난 정말 울면서 포도주를 마셨다.

바다 내음이 그립다.

나는 죽어서 바다새가 되고 싶다.

바다를 나르고 싶다. 파도와 놀고 싶다.

바다 돌멩이 위에 쉬고 싶다.

크게 크게 울고 싶다.

나는 왜 죽지 않고 있을까.

바다로 가는 길이 아직도 멀까?

그러나 죽으면 아무 것도 안 될 것 같다.

하나의 깃털도 없이 사라지고 싶다.

끝없이 밀려오던 그 암울한 고통과 고독의 세월을 이기려고 이렇게 낙서를 하곤 했었나 보다. 점원으로 근무하는 면세점의 누런 전표 뒷면에 이토록 아름다운 날개짓을 펼쳐보았나 보다. 그녀 역시 낯선 빠리에 버려진 정치 망명객이리라.

그리고 몇달 후 그녀의 어머니는 세화 형의 단칸방 아파트에서 꾸르부와 공동묘지로 향했다.

난 그날만큼은 세화 형을 존경할 수 없었다.

빠리의 밤은 불타고 있는가

빠리의 밤은 낭만이 출렁거린다.

특히 여름 밤은 세계 각국의 여행객들로 북적거린다. 유서 깊은 골목들, 식당들의 붉은 빛이 밤 12시를 넘어 새벽 1시까지도 계속된다. 조그마한 식탁을 앞에 놓고 포도주 잔을 채우며 이야기꽃이 만발한다. 그래서 그들 관광객들은 고향에 돌아가서도 빠리의 낭만을 기억할 것이다.

빵떼옹 옆구리의 언덕길을 따라 뻗어 있는 음식점을 스쳐 지나가며 그런 모습을 바라보곤 했던 시절이 있었다. 밤마다 나가서 한참 구경하곤 했다. 신기해서, 포근하게 보여서……. 그때는 빠리에 온지 100일도 되기 전이었다. 창 밖의 남자라도 좋았다. 보는 것만으로도 좋았다. 이렇게 빠리는 불타고 있었다. 여름이 더워서가 아니라, 여름이 황홀하여서.

그 언덕길 밑으로 걸으면 생 미셸 길 뒤편, 생 쟈크 길이 된다. 1층 홀 입구에 그랜드 피아노가 있기에 피아노 연주나 구경하려고 들어선다. 어떤 이가 반기며 지하에도 홀이 있다고 안내한다. 그에게 물었다. 지하에서도 피아노 연주를 하냐고. 그는 라이브 음악이 있다고 대답한다. 용기를 내어 따라 내려간다.

나무 계단을 내려서니 마치 포도주 창고 같은 바위 동굴이 펼쳐진다. '감옥' 같은 공간으로 보일 수도 있다. 그리고 작은 홀을 건너며 문턱을 넘으니 그 안은 이미 손님들의 열기로 대단하다.

안내해 주는 자리에 앉아 맥주 두 잔을 시킨다. 작은 동굴의 실내는 길쭉하게 생겼고, 그 맨 끝에는 빠듯한 작은 무대. 그 위에서 연주하는 4명의 악사들, 아니 4명의 뮈지씨앙(음악인). 테이블의 손님들은 경청하느라, 탄미하느라 정신들이 없다.

열여덟 살쯤 되어 보이는 무대 위의 여가수는 자신의 자작곡인 듯 수줍게 수줍게만 노래 부른다. 나 또한 경청해주려 노력한다. 한밤중 뒷마당에서 혼자 노래 부르는 듯한 사춘기 소녀의 순수함을 내가 훔쳐 듣는 것 같아 낯이 뜨거워진다.

어쩐지 너무 비상업적인 것 같다고 내 머리는 계산한다. 하지만 그 정서가 깨끗하지 않느냐고 내 가슴은 나를 질책한다. 하지만 또 생각한다. 저런 애가 노래 부르는 것 보니 아직 골든타임 스테이지는 아닌가 보다 라고.

이윽고 곡이 끝난다. 지하는 박수의 열기가 가득하다. 나도 박수를 치며 실내를 둘러본다. 손님들의 연령은 평균 30대 중반. 우리의 뒤에는 50줄의 아저씨가 홀로 앉아 무대를 바라보고 있다. 그 앞의 맥주잔 속엔 거품만 뽀골뽀골⋯⋯. 웬 청승이람.

이때, 키는 작아 보이지만, 기가 막히게 균형 잡힌 여성 가수가 홀 안으로 들어선다. 이미 손님들은 박수를 치며 그녀를 맞는다. 이 집에서 잘 나가는 뮈지씨안느(여가수)인가 보다. 30대 후반의 남자들끼리 어울린 테이블의 한 남자는 자신 앞을 스치는 그녀에게 장미 한 송이를 선사한다. 그녀는 그에게 비주(뺨과 뺨이 마주치는 인사) 해준다. 장내는 더욱 박수의 물결이 요란하다.

무대에 오른 그녀는 'I´ve got a music in me'라는 곡을 열창하기 시작한다. 뜨거운 하드록 곡을 열창하며 그녀의 작은 몸은 폭발하기 시작한다. 미니 스커트의 그 금발 미녀는 한 명의 여가수가 아니라 선율을 주무르는 마녀가 되어 나를 꼼짝 못하게 한다. 이미 난 의식을 잃었다. 이곳이 낯선 곳이란 느낌도 없이, 그녀가 낯선 여자란 느낌도 없이.

그렇게 그 곡이 끝났다.

그녀는 이어지는 곡이 개인적으로 무척 좋아하는 곡이라고 소개 한다. 뮈지씨앙들도 나처럼 너무 뜨거웠던지 악기들을 조율하느라 바쁘다. 이어서 샹송이 흐른다. 그녀는 다시 에디뜨 삐아쁘가 되려나 보다. 허스키한 목소리로 마구 떠는 에디뜨가 되려나보다. 이제 그녀는 무대를 내려와 손님 테이블로 돌아다니며 지금 이 순간이 라이브임을 실감케 해준다. 나는 두려웠다. 혹시나 그녀가 내 앞에 앉아서 나의 눈 속을 헤아릴까봐서.

선율이 흐르며 그녀는 계속해서 테이블을 바꾸며 특정 손님들을 황홀케 하고 있다. 개중에는 큰 소리로 노래를 따라 부르기도 한다. 서로 정답게 웃기도 했다. 그러나 노래 속에는 회한의 슬픈 분위기가 듬뿍 녹아 있다. 드디어 그녀가 우리 테이블을 그냥 스쳐 지나간다. 후우— 한숨이 흐르며, 허탈감도 함께 흐른다.

이제 그녀는 우리 뒤편에 홀로 있던 중년 남자 앞에 앉았다. 이때 그녀의 가사 내용이 번쩍 나의 귀를 스쳤다. '운다(pleurer)'라는 묘한 발음의 동사가.

"당신은 울고 있군요…… 하지만……." 가사의 내용은 그랬었다. 이때였다. 나는 분명히 보았다. 얼굴이 상기된 채 그녀의 부드러운 시선을 피하던 그 혼자 온 쉰 넘은 중년 사내, 그 눈가로 눈물이 주르륵— 떨어졌다. 그건 영화 촬영장 속에서 라스트신을 찍던 연기자의 100점짜리 연기였다. O.K 컷 정도가 아니었다. 살아 있는 감동, 그것이었다.

준비해 두었다는 듯 그 작은 몸매의 가수는 조그마한 손수건을 그에게 건네주었다. 한 남자는 수줍게 손수건으로 눈물을 닦았고, 한 여자(여가수)는 부드러운 미소로 그를 바라보았고…… 두 사람은 서로를 바라보며 그렇게 그 노래는 끝나고 있었다.

동굴 까페에는 미친 듯한 환호성이 퍼진다. 박수소리가 조금 가라앉자 그녀는 여전히 그 테이블 앞에 앉은 채 그를 바라보며 관객들에게 그녀 자신의 소감을 말한다. 자신은 너무너무 즐겁다고, '나의 노래에 울 수 있는 손님'이 있어서 너무 즐겁다고—.

아이를 달래듯이 그녀는 그 중년 사내를 마주하고 있다. 그윽하다는 표현이 적절할까? 그 사내의 눈매는 여전히 반짝인다. 눈물에 젖어 감동에 젖어.

이윽고 그녀는 무대로 뛰어올라 경쾌한 샹송의 율동 속으로 흘러 들어갔다. 그녀는 무대에서 연결된 가운데 줄의 손님 테이블 위를 휘젓고 걸어다니며 경쾌한 율동을 만든다. 손님들은 일제히 테이블에 놓인 자신의 술잔을 들어 치워주며 그녀의 스테이지(?)를 마련해 준다.

너무도 아름다웠던 그녀. 너무도 사랑스런 그녀였다. 매일 저렇게 신나게 음악과 살 것이다. 저런 무명의 예술가들이 있었기에 빠리는 에디뜨 삐아쁘를 낳았을 것이다. 좋아서 노래 부르고, 좋아서 우는 사람들. 너무도 부럽다.

하여간 빠리는 그날 밤 불타고 있었다!

말라꼬프의 까페 이야기

빠리 남쪽 외곽지역, 말라꼬프.

러시아에서 들어온 사람들이 세우기 시작한 동네라서 러시아식 이름이 붙여졌다. 이곳을 6개월간 들락날락거린 적이 있었다.

그러다 보니 그곳 사무실 앞의 레스토랑을 매일 갔다. 마을사람들이 모이는 곳. 아침이면 카운터 앞에 서서 진한 향의 에스프레소 커피를 마시는 곳. 점심이면 식단이 짜여지고 그날 그날의 '특선' 메뉴만을 먹는 곳. 해가 지면 일찍 일찍 문 닫지만 어떤 날은 특별한 '무엇'이 열리는 곳. 그래서 시내의 레스토랑과는 무척 다른 곳.

그 집은 특별한 간판도 없었다. 'DRY'라는 맥주 선전 같은 조그만 간판만 달려 있을 뿐.

처음 그 집에 들어갔던 날, 주인인 듯한 사람은 무척 바빴다. 홀로 카운터에 서서 맥주 컵들을 씻으랴, 주문받은 에스프레소를 뽑으랴 전화 받으랴, 심지어는 카세트 음악까지 갈아 끼우랴 무척 바빴다. 좀 신기한 것은 그 집의 수많은 CD 레코드판과 카세트들, 그리고 카운터 뒤편의 조그마한 카세트 라디오.

유럽의 까페는 우리와는 달리 들어서면 사람들의 담소만 나지막

하고, 커피잔을 받침에 놓는 딸가닥딸가닥 소리만 간간이 있을
뿐이건만, 말라꼬프의 그 까페는 신통하게도 카운터 뒤편 선반 위에
카세트 라디오가 얹혀 있고, 그 속에선 나지막하게 음악까지 흘러
나오고 있었다.

　커피 한잔을 마시며 나를 소개하니 주인은 나를 반갑게 맞이했다. 그
주인은 정말 웬만한 프랑스 배우보다 더 프랑스적인 미남이었다.
하여서 왜 배우를 하지 않느냐고 농담을 던지니 자신은 현재 까페 일이
좋다며, 몇 년 전까지는 친구들과 어울려 음악 연주 생활을 했다고
한다. 아— 그랬기에 카세트 녹음기를 갖다놓고 일하면서도 조용히
노래를 듣는구나. 그는 미국에 있을 때, 한국 여자친구가 있었으며
그녀는 농구선수였다고 말하며 눈빛을 멀리 던지는 듯했다.

　그렇게 첫 만남은 지나갔고, 이윽고 점심때마다 우리는 몰려다니며
그 집에서 식사를 했다. 그럴 때마다 그는 나와 함께 들이닥치는
프랑스 친구들보다 나에게 더 은밀한 눈길을 주곤 하였다. 아침마다
사무실로 향하려 그 앞을 스칠 때, 딴 일을 하다가도 그는 고개 들고
신나게 손을 흔들어주곤 했다.

　어느 토요일 오후 5시경.
　사무실에서 일을 하던 나는 담배가 떨어진 것을 발견했다. 아뿔싸!
이곳에서는 담배가게에 가려면 왕복 20분은 걸어가야 하는데, 그나마

토요일 오후에는 그 집이 열려 있으리란 보장이 없을 시각이었다. 사무실 안을 어슬렁거리다가 나는 어쩔 수 없이 그 레스토랑으로 가보았다. 다행히 그는 창가 테이블에 홀로 앉아 전표 계산을 하고 있었다. 조용히 들어서니 예상대로 나를 반긴다. 나는 오다가다 그의 카운터 선반에 몇 갑씩 쌓여 있던 담배를 눈여겨보아 온 터라 시선을 돌리건만 오늘따라 선반 위에는 담배가 없다. 그는 다정하게 나의 주문을 기다린다.

담배 얘기를 꺼내니 오늘 사다놓은 게 다 팔렸다며 자신이 피우던 담배를 가져가라 한다. 그거라도 반가웠지만 체면이 있던 터라 나는 되었다며 그냥 돌아서려니, 그는 세 갑의 각기 다른 상표 담배들을 테이블 위에 올려놓곤 입맛대로 하나 가져가라며 웃는다. 모두가 그가 피우던 것들인 듯 뜯겨져 있다.

하여서 나는 얼떨결에 하나를 집어든다. 거의 새것이길래 나는 후하게 돈을 주려 든다. 그 순간 그는 손을 내젓는다. 돈 필요없다고. 이렇게 얻어 핀 담배 한 갑은 대단한 것이다.

이 까페의 이야기는 이제부터 시작이다.

한달에 두 번 이곳에선 저녁 7시경부터 그룹사운드 음악팀 혹은 재즈 뮤지션들의 라이브 연주회가 열린다. 그럴 때 지나가다 보면 그 주인 아저씨는 정말이지 흥이 나서 정신이 없다. 자신이 직접 드럼도 치고, 자신이 직접 노래도 부른다. 완전히 신나는 달밤이 되어버리는 말라꼬프의 까페. 그 안에서는 친한 단골들끼리 맥주를 마시며 난장판이다.

　그런 다음날 아침, 그 앞을 지나다가 유리창 너머로 까페 안을 훑어본다. 의자와 책상들이 널브러진 것으로 보아 조용히 끝난 것만도 아닌 듯하다. 그래도 어김없이 또 새로운 라이브 공연팀들은 열흘쯤 후 도착하고 또 광란의 밤은 시작된다. 그는 무명의 연주가들에게 공연 무대를 마련해주는 기쁨이 대단한 듯했다. 아마도 그 아저씨는 올챙이 적을 기억하는 개구리인가 보다.

　그 자신도 무명 뮈지씨앙 시절 얼마나 대중 앞에 서고 싶었을까? 나는 그걸 알 것만 같다. 나도 대학시절 그룹사운드 한다고 시간깨나 죽이고, 정력 낭비했으니까.

　언제가 낮에 그 까페를 지나려니 웬 공고문이 유리창에 붙어 있다.

　〈＊월 ＊일 저녁 7시부터 밤 11시까지 ＊＊재즈팀의 라이브 연주회가 이곳에서 열릴 것입니다. 저희들은 음악을 사랑합니다만, 혹시 이러한 우리들의 취미활동이 당신의 가정생활에 지장이 되도록 시끄럽다면 이곳 관할 경찰서로 신고하시기 당부 드립니다. 이곳 경찰서 신고 번호는 ＊＊-＊＊-＊＊-＊＊입니다. 이런 우리를 당신이 이해해주시리라 생각합니다. ― 주인 올림.〉

건축 예술, 도시 계획

세느 강가에 있는 빠리 시청을 지나쳐 조금 북진하면 뽕피두 문화센터이다. 미테랑이 엄청난 규모의 국립도서관을 짓고 떠났듯이, 뽕피두 대통령은 이 문화센터에 그 이름을 남겼다. 그곳은 자유롭게 열람하는 도서관, 전세계의 젊은이들이 들락날락거리는 현대예술의 전당이다.

뽕피두 현대미술관. 20세기 미술이 가고 있는 난해한 방향을 어지럽게 보여준다. 그곳에서 내가 느낀 현대미술의 화두는 '혼란'. 고전적 아름다움의 추구는 20세기 현대사회에서 그 존재 의미를 이미 상실했다고 고함지르는 듯하다. 풍자와 염세와 환상만이 가득한 덩어리로 부유하고 있다. 미술을 체계적으로 배운 적이 없는 나로서는 실소만 머금었다. '아— 저것도 미술품인가?'

그러나 뽕피두가 자랑하는 또 하나는 그곳의 건축미와 건축술이다. 그곳에 전시된 현대 미술품이 그렇듯, 건물 자체의 미학도 파격적이다. 건물을 돌아다니는 모든 배관이 기하학적 배열로 건물 밖으로 노출되어 있다. 빨간 파이프, 파란 파이프, 노란 파이프, 무슨 파이프 이것 속에는 각각 전기배관, 수도배관, 통풍배관, 출입구 통로들이

배치되어 있다던가. 그리고 건물은 온통 철골조와 철판 그리고 유리뿐이다. 한마디로 시멘트 냄새가 나지 않는 건물이요, 돌의 냄새가 나지 않는 건물이다. 철판과 유리로 조립한 건축물. 이렇게 빠리 도심 속의 이단아이다.

공짜이기에 올라가 본다! 뽕피두 옥상 난간에 서서 바라보는 빠리 시내는 몽땅 발밑에 깔려 있다. 멀리 아주 멀리 라 데팡스의 신시가지가 보이기 시작하며 희뿌연 빌딩숲이 머-얼-리 무리지어 나타날 뿐, 눈 아래 펼쳐지는 시내는 나폴레옹 시대의 모습을 그대로 지니고 있나? 라고 상상해볼 정도로 옛 정취 그대로이다.

이들은 겉모양은 옛스럽게 유지하되 내부의 공간은 미래의 용도에 맞게 고치는 기술이 무척 발달한 것 같다. 백년 이상 된 석조건축 속의 아파트도 그렇고 빠리 구시가지의 상가들도 그렇고. 내부는 자기 용도에 맞게 장식과 설치를 예쁘게 한다. 겉모양을 손상시키지 않는 인테리어.

그러다 보니 옛것과 새로운 것의 절묘한 조화가 참으로 고상하고 독특하게 보이는 공간들이 많다. 도저히 돈만으론 꾸밀 수 없는 인간 역사의 아름다움. 그래서인지 골목골목 돌아다녀도 심심하지가 않다.

'새 건물'이 만들어놓은 '텅 빈' 내부 공간을 '치렁치렁' 장식하는 것이 '인테리어'일 거라고 나는 그렇게 알고 살았었다. 빠리에 와서 그 생각을 깼다. 우리의 한옥집도 그 외관과 구조를 유지한 채 내부를 예쁘게 개조하면 컴퓨터 소프트웨어 개발팀의 사무실로 사용할 수 있었으련만 하는 생각이 뽕피두 옥상에서 스쳤다.

또한 내가 느낀 바로는 중세의 고도, 빠리의 야경을 돋보이게 하는 중요한 양념은 조명이다.

루브르 박물관 앞에는 유리 피라미드가 있다. 전세계에서 온 관광객들은 그 앞에서 사진들을 찍는다. 그러나 더 좋은 곳이 있다. 그곳에서 동쪽으로 터진 출입로를 나서면 루브르 뒤뜰이라 불릴 만한 ㅁ자형 폐쇄 공간이 나타난다.

그곳은 4면이 온통 루브르의 궁전 건물로 둘러싸인 곳이다. 그 궁전이 어떻게 조명되고 있는지 밤중에 한번 둘러보면 놀랄 것이다. 그 앞에 서면 어느 면을 배경으로 사진을 찍어야 할지 결정 내리기 쉽지 않을 것이다. 그만큼 환상적으로 궁전 모습이 솟아 있다. 정말 그곳에서 사진을 찍으려면 필름을 특별히 선정하여 가져가야 한다. ASA 400 혹은 ASA 1000의 고감도 필름이어야만 조명의 질감이 살아서 담길 것이다.

기왕이면 그곳을 남쪽 문으로 빠져나와 보자. 세느 강이 코앞에 펼쳐진다. 눈앞의 다리는 뽕 데 쟈르— '예술의 다리'. 자동차는 못 다니고, 오직 인간의 발로만 걸어다니는 세느 강의 정취 있는 목조 다리.

그곳에 올라서 강변의 야경을 음미해 보자. 그 중에서도 유서 깊은 건축물들을 돋보이게 하는 그들의 조명 솜씨를 천천히 뜯어보자. '무조건 밝게 하는 것'이 조명이 아님을 웅변하는 듯하다.

우리의 조상들께선 일찍이 산 속의 자연 암석을 이용하여 불상을 조각할 때 수시로 각도가 변하는 자연광의 움직임과, 정한수 떠놓고 새벽에 정성들일 아낙네의 촛불 속에 일렁일 부처님 얼굴의 음영을 염두하면서 돌에 칼날을 대기 시작하였단다. 지금의 우리는 그 조상의 지혜를 잊어버리지나 않았는지 모를 일이다.

너에게 나를 보낼 순 없다

호주의 한 방송국으로 편지를 띄웠다. 일전에 너희들이 가져간 내
영화의 방송용 테이프를 다 썼을 테고, 이제는 소용없을 테니 빠리에
있는 나에게 보내주면 좋겠다고. 빠리에 오자마자의 일이었다.

그들은 나에게 편지를 참으로 신속히 보내주었다. 빠리행 **기에
*월 *일 보냈으니 빠리 공항에서 연락 올 것이라고. 발송료는
자신들이 부담하여 보냈다고.

너무도 감사했다. 나에게 보내줄 의무조항도 없었건만 이렇게
신속히 발송하다니. 더구나 자신들의 경비 부담으로!

나는 그 테이프— '꼴찌부터 일등까지…'로 유럽 TV에서 방영
가능성을 타진하고 싶었다.

보름쯤 후 또 한 통의 편지가 왔다. 나의 물건이 도착하여 통관
대행사 창고에 들어 있는 모양이다. 왜 내 소포가 그런 업자의 손에
있어야 하는지 영문도 모른 채, 하여간 그 사무실을 찾아 드골
공항으로 갔다.

담당 직원은 소정의 통관료를 지불하라고 한다. 나는 지갑을 털어
가까스로 맞추어보려 했지만 여전히 200프랑(4만원)이 모자란다.

직원은 오히려 친절하게 묻는다. "당신 은행카드 있으면 나가서 돈을 찾을 수도 있을 텐데."

지갑을 뒤져보니 다행히 카드가 있다. 물어 물어 찾아간 은행은 그들 창고에서 무려 15분 거리였다. 이슬비가 내리고 있는 공항 관세창고 벌판을 착잡한 마음으로 걷는다.

'그래도 이렇게 찾는 게 낫다. 도착 안 했다면 모르지만 이렇게 프랑스까지 날아온 나의 분신을 그냥 버릴 수는 없는 것 아닌가. 게다가 카드 없어서 그냥 돌아가면 나중에 또 와야 할 것이요, 그렇게 공항까지 지하철로 왕복하다 보면 또 쓸데없이 전철표 값만 90프랑 날릴 텐데…… 돈 낭비요, 시간 낭비 아닌가? 그까짓 시간 낭비야 어차피 실업자이니까 상관없지만…… 이거 괜히 짱구 굴렸다가 돈만 버리는 거는 아닐까?'

하여간 가까스로 지불했다. 우리 돈으로 25만원 정도였다. 그러나 난 왜 그것을 지불해야 하는지를 물어본다. 그는 어쩌구 저쩌구 설명해주는데 전문 용어가 너무 많아서 이해 불가능. 대충 넘어가기로 하고, 짐이 어디 있냐고 하니 회사 창고를 가르쳐주는데 방향이 너무 복잡하다.

이때 그 곁의 다른 청년 직원이 다가와선 나의 담당 직원에게 말을 던진다. 바쁘면 자신이 나를 창고까지 모셔다주겠다고. 아마도 이래 저래 헤매는 내가 불쌍했던 모양이다.

그와 같이 엘리베이터를 탄다. 그는 나에게 친절하게 묻는다. 어느 나라에서 왔냐고. 나는 생각한다. 이 사람이야 공항 창고에서 근무하니 코리아를 알겠지……. 당당히 나는 말한다. "Coree du Sud." 그 순간 그는 친절했던 표정이 다소 굳으며 다시 묻는다. 어디 있냐고. 맙소사! 국제공항 통관 창고에 근무하는 사람이 한국을 모르다니! 그의 얼굴을 쳐다본다. 이 사람이 누구 엿먹이나? 나의 황당한 표정을 읽었던지 엘리베이터가 열리자 더욱 친절히 내 소포를 찾아주었다. 나는 소포를 들고 돌아선다.

돌아서는 뒤통수에 대고 그는 명랑하게 한마디 속삭여주었다. "Bonne chance(잘 되길 바래)." 욕이나 아닌지 괜한 피해 의식이 앞섰다. 욕이 나올 수밖에 없었다. 나 자신에 대한 욕이.

비싼 돈 내고 이런 애물단지를 찾아오는 길에는 역시 영화처럼 비까지 부슬부슬 내린다.

"개 같은 나라에 개 같은 날씨군." 꼬레가 어디 붙었는지도 모르는 나라에서 어떤 미친 백인이 그 꼬레의 영화를 보겠는가? 내가 공짜로 방송 테이프를 준다 한들 그들은 마다할 것 같았다. '그럼, 그렇고 말고.'라며 비웃듯 또 비가 내리고 있었다.

혹시 비 들이칠라 걱정하며 나는 애물단지를 옷 속 가슴에 품는다. 황량한 길을 15분이나 걸어서야 공항 내 셔틀버스를 탈 수 있었다.

심하게 말하자면 빠리는 허구헌날 비가 온다. 특히 가을과 겨울의 비는 '뼈가 으스스하다'라는 표현이 딱 걸맞다. 사람 골병들게 하는 날씨가 무엇인지 알 듯도 하다.

　공항을 걸어나오며 맞은 그날의 비도 그랬다.

어색한 해후

한국 대기업 소속의 높은 분(부장급)이 프랑스를 찾아온다. 싱글 양복에 넥타이 차림. 이곳의 회사와 모종의 일을 진행시키려.

나는 그 모습을 옆에서 보기만 한 적이 있다. 그 소감을 한마디로 말하자면, '참으로 난감한 일'이었다. 내가 신경 쓸 일도 아니었건만.

첫번째 난관은 이런 것이었다. 대체로 프랑스인들은 한국이라는 나라가 얼마나 큰 나라인지 모른다는 것이다. 한국의 경제가 얼마나 대단한 나라이기에 그렇게 큰 프로포즈를 하는지를 그들은 일단 의심하며 대한다. 동양 하면 일본까지는 이해가 가지만, 한국인들이 내미는 카드는 일본과 버금가는 것, 혹은 그보다 더 엄청나다. 그러니 그들로선 어리둥절할 수밖에.

이 점은 프랑스의 보수성 때문이기에 그들이 해결해야 할 몫이리라. 그들이 기껏 알고 있는 한국의 기업은 삼숭(삼성)과 연다이(현대)뿐 이라고 해도 과언이 아니다.

어쨌든 일을 성사시키겠다고 뛰어온 것이 한국 기업 입장이기에 숙이고 들어갈 수밖에. 게다가 우리는 예외없이 꼭 시간이 촉급해야 프랑스로 뛰어온다.

열이면 열의 한국 기업(사람)은 충분한 검토가 없이 우물쭈물 시간 다 보내고, 뒤늦게 결재 도장 떨어지면 할 수 없이 시간에 쫓겨 죽어라고 뛰어 일단은 온다. 부딪치고 보자. 그러나 이런 숨넘어가는 한국인을 맞이하는 상대방, 프랑스인(기업)은 급할 게 없다.

원래 프랑스인들은 서둘러 살아가는 문화구조가 아니다. 그러니 우리 식으로 삼겹살 몇 조각과 야채 한 접시 놓고 마냥 즐기며 식사하다 보면 2시간도 좋고, 3시간도 좋은 나라이다. 그런 그들 입장에서 보면, 뛰쳐 들어오자마자 토론도 없이 돈줄 테니까 사인 하자는 한국인들을 수상한 물건으로 볼 수밖에.

게다가 그들은 그런 한국이 없어도 살 만한 사람들이다. 그러니 그들로서는 이 사람이 사기꾼이나 아닐까 하며 이리 저리 뜯어보기 시작한다. 그것도 천천히, 아주 천천히 음미하듯이.

그 프랑스인은 주거래 은행을 어떤 걸로 할 것이냐고 물어볼 것이다. 허둥거리며 한국인은 말할 것이다. 외환은행이라고. 프랑스인은 천천히 생각하곤 말할 것이다. 세상에 외환은행이란 것도 있냐고, 좀 알아보고 모레 만나자고. 그러면 허둥대며 그 상대방은 말할 것이다. "걱정 말고 빨리 사인하자. 나 시간 없다."

이렇게 되다보니 협상과 대화를 통하여 가격을 깎는 것은 고사하고, 계약서의 조건은 까다로울 대로 까다로워지기 마련. 한마디로 그 한국인을 사기꾼으로 보고 이래도 네가 이행하려면 하란 식이다.

애시당초 되리란 기대도 없이, 자신들에게 혹시나 미칠 화를 모두 피하겠다는 식으로 그들의 변호사까지 합세하여 검토한 후, 계약서에 사인한다. 그는 서둘러 서울 본사로 전화할 것이다. "계약서가 조인되었으니 걱정 말라. 성사되었다."

그리고 계약서에 따라 프랑스인들은 날짜 지켜 일을 준비한다. 그러나 한국으로 허둥대며 건너간 그는 함흥차사 내지 서울차사.

돌아간 서울의 중역 전무 왈, "새끼들 계약조건이 뭐 이리 까다로와. 우리가 뭐 사기꾼인지 알아. 연매출 **억의 세계 속의 *번째 **그룹이야. 그런데 이 부장, 니가 이따위로 계약서를 가져와? 뭐 계약 총액을 **월 *일까지 자기네 프랑스 은행구좌에 보증신탁 해놓아야지 일을 시작하겠다고? 새끼들, 안 한다 그래. 그렇게는 못 끌려가. 이걸 갖고 사장님한테 결재 들어가라 이거야?"

이러니 일이 제때 제대로 될 것인가? 프랑스 사람들은 계약서를 기준으로 준비하고 있는데……. 결국 서울측은 예정대로 일을 이행시키지 않을 것이고, 그러면 프랑스측은 계약서를 제시하며 "한국 사람들 도대체 뭐냐" 할 것이다. 서울의 중역 전무도 이에 질 사람이 아니다. "계약서건 뭐건 우리는 지불방식을 바꾸겠다."

결국 동양과 서양의 만남은 뒤죽박죽되어 간다. 양측은 변호사를 끼고 설전을 하고—.

하여간 그런 와중 속에서 다행히 그 일이 정말 성사되었다고 한들

이렇게 동양과 서양은 다시 머-어-ㄹ-어진다. 서로의 불쾌감 속에서.

"새끼들 내가 너네들 다시 쳐다보나 보자."

"정말 약속을 안 지키는 사람들이군."

뗄레똥

연말이면 프랑스 TV에선 뗄레똥(Telethon)이라는 특집 방송이 열린다. 무려 **24**시간 동안!

뗄레똥은 뗄레비지옹(Television)과 마라똥(Marathon)의 합성어인 듯하다. '텔레비전으로 펼치는 마라톤'이라고나 할까.

텔레똥과 나와는 세 번의 인연이 있었다.

첫번째 인연. 프랑스에서 불어 공부하는 학생이었을 뿐인 나는 우연히 채널을 돌리다가 하루 온 종일 계속되는 이상한 프로그램을 잠깐 보게 되었다. '유치하게시리 어른들과 아이들이 싸돌아 다니며 별별 해프닝을 다하는 이상한 하루구나' 라고 생각하며 채널을 돌려버렸다. '연말이랍시고 불우이웃 돕기를 하며 자신의 행복을 과시하는구나.' 또 채널을 돌려버리곤 했다. 그런 하루였다. 그렇게 나와 텔레똥과의 첫인연은 지나갔다. 아무런 감흥도 없이.

두번째 인연. 이듬해 봄쯤으로 기억한다. 프랑스 TV 방송물을 취사 선택하여 녹화한 후, 그것을 한국의 TV 방송국에 우송하는 통신원이라는 부업이 있어서 즐겁던 시절. 그 일로 나에게 이상한 강박관념이 생긴 것도 그 즈음이었다. '일주일에 **240**분 테이프를 5개 정도는 보내야 마음 편히 두발 뻗고 자는 버릇'이 그것이었다.

누가 뭐라고 그러지도 않는데 괜히 혼자서 열심히 일주일에 1200분의 좋은 방송물을 녹화해야 한다고 주문을 늘 외우는 세월이었다. 그러다 보니 각 방송사의 방송 시간표도 거의 외우게 되었고, 그 많은 방송물들의 특징도 대충 파악하게 되었다. 프랑스의 TV 방송이 주간 편성이라기보다는 월간 편성이라는 것을 깨달으면서 조금은 나의 애로사항도 없어졌다.

가령 이번 주에 '특파원'이라는 프로를 놓치면 다음주에 다음 회를 녹화할 수 없다. 그 프로는 매달 둘째주 목요일에만 방송될 수도 있고, 혹은 매달 2주, 4주째에만 방송될 수도 있다. 즉 한달에 한 번 혹은 두 번이라는 식으로 '간판프로'들이 편성되는 것이고 그런 만큼 많은 제목의 다양한 프로그램들이 존재한다는 것이다.

이런 개념의 차이로 헤매고 있는데 어느날 F2(프랑스 제2 TV)방송 편성표에 '뗄레똥'이라는 이상한 특집방송이 그날 밤 10시경부터 새벽 4시까지 방영된다고 쓰여 있었다. "아니, 했던 걸 이제 와서 또 방송하나?" 그러나 그것은 나의 먹이감이 될 만한 것이었다. 어쨌든 많은 시간 분량의 방송물을 녹화해야 했고, 되도록이면 특집을 녹화한다는 명분이 되니까.

그런 직업 의식으로 밤 10시부터 F2 채널을 녹화 시작했고, 나는 그것을 바라보며 느긋하게 야참을 먹었다.

이러한 반강제적인 상황 속에서 나는 '프랑스인들의 커다란 행복'을
또 하나 우연히 발견할 수 있었다. 그 프로의 성격은 대충 이랬다.
지난 연말 펼쳐진 뗄레똥이란 '24시간 생방송 TV특집'을 재방송하는
것이 아니라, 뗄레똥이라는 TV행사를 계기로 하여 전국 방방곡곡에서
마을사람들이 만들었던 '마을축제' 현장을 다른 각도에서 보여주는
것이었다.

카메라맨이 방송 카메라로 담았던 생방송 모습이 아니라, 마을
사람들이 그들의 홈비디오 카메라로 담았던 그들의 모습이었다.
그러니 오늘 같은 특집을 통하여 다음과 같은 메시지를 시청자들에게
전하려는 것이리라. '여러분들이 지금 보시듯이 작년에도 성대했지만,
금년에도 당신들이 참가하여 더욱 성대한 마을 축제를 만듭시다.
우리는 금년 연말도 뗄레똥을 24시간 생방송 특집으로 만들 것입니다.'
프랑스라는 마을의 방방곡곡에서 펼쳐진 동네 축제 모습은 가관
이었다. F2는 그 모습을 오늘 샅샅이 보여주기 위해서 각 마을에 자료
화면을 요청했고, 그 당시 모습을 홈비디오 카메라라는 편리한 장치에
담았던 갑돌이, 갑순이 아빠의 협조에 의하여 그 특집방송 6시간은
펼쳐졌다. 모든 마을들이 24시간 동안 마을 축제를 벌인 이유는
방송국을 위해서가 아니라, 방송국이 펼치는 자선 모금 운동이
바람직한 것이라는 국민적 공감대에 의한 것이었다.

그래서 그들은 단순히 모금에 응한 것이 아니라, 모금을 위한

분위기를 만들기 위해서 나름대로 마을 단위로 해프닝을 행한 것이다. 물론 그 해프닝 장소 앞에는 모금함이 놓여 있었을 것이고, 즐거운 마음으로 사람들은 각자 알아서 모금에 응했을 것이다.

'베르사유 궁 같은 어떤 궁의 잔디밭에서 말을 만져보는 꼬마들, 기수들의 인도로 말에 올라 함께 걸음마를 하는 꼬마들의 탄성.'

'30명은 족히 탈 수 있는 자전거 한대를 만들어 마을길을 하루 종일 돌아다닌다. 할아버지도 타고, 손자들도 타고—.'

'공항 근처의 마을에서는 마을사람들이 모두 활주로에 모여 비행기를 밧줄로 묶어 끈다. 500~600명의 사람들이 밧줄에 매달린 비행기를 영차영차 끌고 다닌다. 잘도 끌린다.'

'포도주의 고장인 한 농촌에서는 포도주 보관용 둥그런 나무통을 모로 돌리며 바퀴 굴리듯 하면서, 누가 잘 굴리는지 동네 한바퀴 돌기 시합을 한다.'

'마을 사람들 1000여 명이 모두 일렬로 거리에 서서는 자신의 팔을 벌려 상대방의 손을 잡는다. 그러면 그 줄의 맨 끝에서 한송이 꽃이 전해지기 시작하고, 그 꽃은 사람들의 손에서 손으로 전달되어 결국 행사가 열릴 마을회관까지 전달된다. 그러면 음악이 시작되며 마을 축제가 시작된다.'

'도시의 꼬마들이 유치원, 초등학교별로 풍선을 갖고 모여든다. 그들의 풍선 대열은 도시의 번화가에 가득하고 아이들의 함성이

요란하다. 이윽고 도심 광장에 모여든 수천 명의 꼬마들과 어른들이
함성을 지르며 풍선을 하늘로 날린다. 이때부터 마을의 축제는
시작된다.'

'세계에서 가장 큰 팬케이크 만들기 대회가 구민회관에서 열린다.
그리고 시상식이 열리고, 마을사람들이 그것을 나누어 먹는다.'

'소년, 소녀를 태우고 도심을 질주하는 할리 데이빗슨 오토바이 클럽
속도광들.'

'암벽타기 전문가가 한 소년을 등에 업는 장비를 갖추고, 고색창연한
석조 다리를 아슬아슬 내려간다. 다 내려와서 그들이 수면에 닿는 순간
모터보트가 나타나며 그 소년을 인수받아 배에 싣곤 강 하류로 신나게
미끄러져 간다. 그리고 언덕의 선착장에 도착하면 기다리고 있던
자전거 부대가 그 소년을 인수하여 그 소년과 함께 자전거로 길을
달린다. 그러면 그 소년을 기다리는 비행기가 그 소년을 싣고 하늘로
비상한다.'

프랑스라는 마을 전체가 밤새워 들썩들썩하는 이 축제는 무엇을
위한 모금 운동일까? '신체 및 정서 장애아동들을 위한 행사'였다.

텔레똥과의 세번째 만남.

그것은 내가 프랑스에서 TV 방송물을 연출할 때였다. '아동문화
현장을 간다' 라는 주제로 아동교육을 둘러싼 유럽 국가들의 문화적

수준과 복지국가의 이념을 추적하는 방송물이었다. 그중 하나가 장애아동 교육을 다루고 있었다. '장애아동 교육편'의 전개 틀은 신체장애 아동의 하루 생활을 추적하는 식으로 짜여졌다.

장애자들에 대한 프로그램은 정말 어려운 소재이다. 두 가지 이유 때문이다.

먼저, 소재 자체가 시청률을 확보하기 힘들다. 우리나라의 경우에도 TV 화면에 장애자만 나타나면 시청률이 바닥으로 떨어졌던 것을 부인할 수 없는 사회이다. 그렇다— 우리는 장애자를 사회적으로 유폐시키는 사회인지도 모른다. 장애자 취업 장려를 위한 법적 규정이 있지만, 거의 모든 회사들은 그것을 외면하고 그에 대한 벌금 규정은 꼭 준수해주며 마치 적선했다는 기분이다.

그렇기에 나는 뗄레똥을 보며 탄식했던 것이다. 그들은 24시간 동안 장애자를 주제로 한 특집 생방송을 행하는 나라이다. 그리고 국민들은 마을 축제를 벌이며 지원사격 해주고 있다. '생명에 대한 사랑'이 이렇게 다르다니!

또 다른 이유. 아무래도 남에게 보여주고 싶지 않은 아픔이기에 취재 대상 아동을 찾기란 쉽지 않으리라 지레 겁먹고 있었다. 우리 식으로 말해서 누가 자기 자식의 비정상적인 모습을 카메라로 담는 것을 좋아하겠는가. 그것이 문제이리라 생각했다.

그러나 천만의 말씀이었다. 장애아동협회의 소개로 찾아간 장애

아동을 둔 아버지는 커다란 까페를 운영하고 있었다. 중류층 이상의 가정이었다. 까페를 지키던 아버지는 방송팀을 밝은 얼굴로 맞이했다. 맥주 한잔을 내놓는 그의 모습에선 어두운 구석을 볼 수 없었다. 우리 애 '쎄드릭'의 하루를 담겠다니 고맙다는 것이었다.

"우리 애는 한 살 될 때부터 병을 얻어 그후에도 몇 차례의 커다란 수술을 했지만 지금은 아주 똑똑하고 명랑하다"며 자식자랑을 늘어놓기 시작했다. 고마운 마음을 전한 후 촬영날 아침 학교 앞에서 그의 아들을 만나기로 했다.

그 학교장의 허락을 받는 것이 촬영팀에게 닥친 또 하나의 문제였다. 우리는 이미 알고 있었다. 빠리에서 어떤 한 학급을 찍기 위해선 '학부모 모두의 허락을 받아라'는 식으로 나설 때가 비일비재하다. 그런 후에 빠리 시청 허락을 받으라는 식으로 나오기도 한다.

그러나 섭외 팀이 막상 학교장에게 전화하여 우리의 취지를 말하니 흔쾌히 아무 조건 없이 촬영을 허락해주었다. 자신의 학교는 장애 아동의 학부모들에게 학비 부담을 전혀 안 주고 무상으로 교육을 시키는데, 이곳에서 명랑하게 공부하는 아동들의 모습이 다른 나라의 장애 아동들에게 용기를 주었으면 좋겠다며 오히려 흥분하고 있었다.

촬영날 아침, 학교 앞에서 그 아동 '쎄드릭'을 만났다.

어머니가 봉고차로 매일 쎄드릭을 학교까지 데려다주곤 휠체어를

펴준다. 그러면 쎄드릭은 전기동력으로 굴러가는 휠체어를 타고
교실로 향한다. 그러면 어머니는 쎄드릭에게 뽀뽀를 해주고 집으로
돌아간다. 그와 비슷한 또래의 친구들도 교실로 들어선다.

쎄드릭 책상 앞에는 컴퓨터가 있다. 오전 수업은 정상아들처럼
교실에서 영어, 불어, 수학, 역사 등을 배운다. 임신중인 듯 배가 부른
여선생님은 수학을 열심히 가르치신다. 무거운 배로도 열심히.

쎄드릭은 중증 장애 아동이다. 해서 가방의 노트를 꺼내려면 짝꿍의
도움이 필요하다. 그러면 짝꿍은 능숙한 솜씨로 휠체어 바퀴를
회전시켜 몸의 방향을 바꾸어선 쎄드릭의 가방에서 노트를 꺼내준다.
그 짝꿍 놈은 무척 까불이다. 동네방네 다 참견하는 놈이고, 쉬는
시간에는 꼭 운동장에 나가 옆반 애들과 어울려 농구 골대 밑에서
농구를 한다. 다들 휠체어를 타고 열심히 슛을 때린다.

그리고 점심 시간이 되면 다들 휠체어를 운전하여 엘리베이터를
타고 3층의 식당으로 들어간다. 언제부터인지 식탁 위엔 식사 준비가
다 되어 있고, 젊은 보조사들은 자기 담당의 학생이 들어오면 포크와
칼을 가지고 고기를 잘라서 학생의 입에 넣어주기도 한다. 심지어는
자신도 한 입 먹고……

식사를 끝낸 학생들은 더욱 힘이 넘치는지 휠체어를 몰고 운동장에
나가 놀기도 하고, 휠체어를 운전하며 복도를 신나게 돌아다닌다.
쎄드릭은 오후에 치료실로 가서 물리치료를 받는다. 물리치료사는

쎄드릭을 침대 위에 눕히고 1시간 동안 물리치료 해준다. 발을
주무르고, 팔을 치켜들기도 하고……. 교실에 돌아온 쎄드릭은
자습시간에 컴퓨터를 켜놓고 전자오락을 하기도 하고, 자신의 파일로
들어가서 글을 쓰기도 한다.

학교장을 만나본다.

100여 년 전까지만 하여도 유럽에선 신체 장애자들이 병원에서도
학교에서도 제대로 치료받지도, 교육받지도 못했단다. 그러나 종교
단체의 봉사정신과 뜻있는 사람들의 자선에 의하여 이런 학교가
생기기 시작하여 현재는 국가의 국민 복지적 이념과 의료보험에
의하여 장애아동 교육제도가 완전히 정립되어 있으며, 학부모들의
경제적 부담은 전혀 없다는 것이다.

공짜로 다니는 학교임에도 불구하고 그 학교의 공간은 학생 수에
비하여 엄청 큰 공간이다. 또한 가정 사정상 통학을 못 하는 학생들을
위해서 호텔처럼 깨끗한 교내 기숙사가 운영되고 있었다. 기숙사생
들을 위한 의료반이 밤중에도 근무한다고 했다. 그러하기에 쎄드릭은
밝고 명랑하게 자신을 주장하며 열심히 살 수 있는 듯했다.

언젠가 대학시절 나는 우리의 TV에서 장애아동을 논하는 프로를
보며 심히 분개한 적이 있었다.

어떤 전문가가 나와서 하는 말인즉 "사회적 인식이나 교육환경 등을

문제 삼기 전에 장애자 본인들이 먼저 삶에 대한 낙천적인 밝은 의식을 가져야 한다"라는 말이었다. 그렇게 말하는 사람들은 꼭 한번 나처럼 시간 내어 한국 장애 아동의 하루를 따라다녀 보아야 할 것이다.

쎄드릭이 저녁에 빵을 사러 자신의 아파트를 나선다. 아파트 입구에서 엘리베이터를 기다리던 사람들은, 문이 열리며 쎄드릭이 힘들게 나오려면, 엘리베이터의 문을 양쪽에서 닫히지 않게끔 잡아주며 인사를 건넨다. 쎄드릭에게 밝은 표정으로 인사를 건네며. 정말 정겨운 삶의 모습이다. '생명에 대한 사랑'이 그들을 그렇게 행복하게 만드나보다.

신이 인간에게 남긴 최대의 묘약, 음악

난 멍청해서 그것을 멀리서 깨달았다.

빠리에 도착한 후 초장부터 별별 일을 다 겪었다. 비행기로 날라온 산더미 같은 짐을 5층까지 걸어 오르며 나르고 나니 더러워지는 것은 당연히 손바닥이요, 그것을 씻으려고 수도꼭지를 트니 폭포수 같은 물이 부엌의 사방으로 튀기 시작한다.

부러진 수도꼭지를 손으로 거머쥐어 막으며 나는 빠리의 앞날에 절망했다. 어떻게 이 난국들을 헤쳐나갈 것인가. 난 어디 가서 이 난국을 설명할 언어적 수단이 없었다. 그렇게 몇 시간 동안 수도꼭지만 부여잡고 있었다. 어디 가면 무슨 밸브를 살 수 있는지, 어떻게 그 수도꼭지 모양새를 프랑스어로 물어볼지……

그리고 며칠 후 집단장한다고 이것저것 조심히 못질하며 현관문 옆 나무쫄대에 못이 들어가는 순간, 온 집안이 정전이 된다. 아니 이게 웬일인가? 상식적으로 말이 되는가? 벽에 못을 박는데 집에 전기가 나가다니.

몇 시간을 고민하였지만 나의 상식으로 이해할 수 없다. 그렇게 몇 시간을 조용히 어둠 속에서 헤매었을 뿐이다.

결론은 희한한 문화로 당착되었다. 대충 2센티미터 폭으로 뻗어나간 나무쫄대 속엔 길다란 홈이 있고, 그 속으로 전기배선이 숨어 있었던 것이다. 하필이면 나는 그 전선의 양측 사이에 정확히 못질을 하여 합선이 되었다는 것을 물증으로 파악하게 되었다. 그것을 뜯어서 보고 사태를 알고 난 후, 나는 돌아가고 싶었다. 한국으로……

그렇게 녹초가 되어 누워 있는 나에게 들려오는 거리의 소음이 있었다. 처음엔 그것이 소음으로 들렸다. 데모를 하나? 오늘 따라 왜들 이렇게 난장판인가? 하여서 저녁밥을 먹고 산보 삼아 어스름 속으로 걸어 나갔다.

온 거리는 물결치고 있었다. 인간들의 율동과 인간들의 고함소리로. 큰길은 온통 인간들의 몸통들과 고함으로 가득하다. 프랑스 대혁명이 일어나서 바스띠유 감옥이 뽀개졌나? 오늘이 그 기념일인가? 별별 생각을 다 해보지만 이해가 되질 않는다.

버스 정거장의 유리 구조물 위에 올라서서 그 지붕을 스테이지 삼아 허공에 요란한 율동을 만드는 젊은 것들. 골목골목의 웬만한 공터에선 그곳이 남의 집 앞인지도 모르는 듯 갖가지 소음들이 난무하다. 경찰들은 다 어디 간 것일까?

공원으로 들어가보면 웬일인지 공짜 공연이 펼쳐지고, 노인들은 의자에 앉아 음미하고……

그 소음과 난리는 골목을 바꿀 때마다 레퍼토리가 뒤엉키기도 하고 장르를 바꾸기도 한다. 그날은 밤 12시가 지나도 온통 난장판이다. 하여서 나는 도저히 발이 아파서 더이상 돌아다닐 것을 포기하고 집에 들어와 이부자리를 깐다. 잠을 자려고.

그러나 그러한 거리의 소음은 밤새도록 계속되었다. 밤이 깊을수록 더욱 더 난장이더니 새벽 4시쯤 되어 조금씩 조용해진다. 그리고 그 다음날은 언제 그랬냐는 듯 창 밖은 고요히 밝아진다.

이게 웬 신기루인가?

몇 달이 지난 후에야 알게 된 사실. 그날은 '음악의 날'이었단다. 음악의 날? 우리 식으로 하면 개천절, 스승의 날, 어버이날, 제헌절, 삼일절같이 음악의 날이 있는 나라란다. 음악이 도대체 무슨 호국 선열이길래 그런 날을 제정하여 온 국민이 흔든단 말인가? 하여간 라틴문화 민족답게 인생을 즐기는 것 같다. 아니면 감정에 충실하고 느낀 대로 솔직히 산다고나 할까?

나중에 귀동냥한 정보는 대충 이렇다. 프랑스에선 밤의 길이보다 낮의 길이가 길어지며 서서히 여름으로 들어서는 절기의 기점에 음악의 날을 잡아놓았다 한다. 이해는 간다. 그들의 겨울은 지겹도록 비가 내리며 뼈가 오솔오솔한 절기요, 여름이라 함은 그들에게 태양이 뽀송뽀송한 살 만한 절기가 되니까.

하여간 그 기점의 날이 '음악의 날'이다. 아무리 중앙정부 혹은 국가가 제정한 특별한 날이라 하여도 별 의미없는 날은 우리나 그들이나 마찬가지로 의미가 없다. 그러나 우리가 추석과 설은 꼭 지키듯이 그들은 '음악의 날'만은 범국민이 자동적으로 준수하는 듯하다. 만일 우리가 그들을 흉내내어 음악의 날을 베푼다 한들 그렇게 열광적으로 신명의 밤을 지새우리라곤 난 믿지 않는다.

그렇다면 음악은 그들에게 무엇일까? 그것은 그들도 설명할 명제가 못 될 듯하다. 마치 우리의 신정이 맥 못추고 구정만이 팔팔한 것을 외국인에게 쉽게 설명될 수 없듯이.

그러나 그들과 음악의 함수관계는 신비한 신화체계라고 나는 생각한다. 음악과 무용은 신이 인간에게 내려준 최대의 선물이란 느낌을 그들에게서 느꼈다.

빠리엔 곳곳마다 공원이 있고, 노트르담 성당 뒤편 세느 강변에도 공원이 있다. 나는 그곳에 설치된 대리석 탁구대에서 공짜로 매일 탁구를 치곤 했다. 더더욱 여름엔 그랬다.

여름의 석양은 밤 10시가 지나서야 스쳐 지나간다. 그러니 저녁 밥상을 대하는 심정은 대낮같이 짜증난다. 더위와 햇살. 그래서 생각해낸 것이 저녁식사 후 세느 강변의 탁구치기였다. 그러다보니 강변에서 노니는 토착민(?)들이 슬슬 눈에 들어오기 시작하였고, 그 점은 관광객으로선 접하기 힘든 여유이다. 사는 놈들만이 관찰할 수 있는 그들의 풍물이 있으니 그것은 대단한 아름다움이었다.

예전에도 들락날락거리던 그들의 조그마한 까페에서 이루어지는 춤과 노래는 보아왔지만, 그것은 크게 차별지을 것은 없다. 단지 레퍼토리가 다르고 춤의 율동이 다를 뿐 문화가 갖는 상징성에서는 우리와 대동소이한 것이다. 우리도 춤을 추니까— 룸싸롱에서도 추고, 노래방에서도 추고, 단란주점에서도 추니까.

그러나 세느 강변의 율동과 선율은 대단히 독특한 것이었다. 그것도 한밤중에 이루어지는 토착민들의 야전식 흥취. 그것은 대단히 다른 것이었다.

세느 강변의 공원에서 탁구를 치다보면 어스름이 내린다. 여름철의 밤 10시경. 이때부터 이상한 풍경이 물살 출렁이는 강변에서 펼쳐진다. 동호인들끼리 모이는 댄스파티인 듯하다. 여름밤의 강변 출렁거림에서 이루어지는 노래와 춤의 모임. 그것은 향연까지는 아니다. 아저씨, 아줌마, 총각, 색시들이 동호인이 되어 밤이 내린 강변에 모인다. 그리고 그들은 하나가 되어 건전지로 작동되는 휴대용 오디오 속에서 흘러나오는 탱고뮤직에 맞추어 각자 나름대로의 수준과 감흥으로 춤을 펼친다.

그런 그들을 바라보며 나는 한없이 강물의 출렁거림 속으로 파고 들어간다. 그러면서 나는 그들의 율동과 음악과 강물의 흐름이 하나로 움직이는 아름다움에 탄복한다. 신기하다기보다는 눈물나는 아름다움으로 다가온다.

그러면 저 멀리 강심으론 세느 강 유람선이 선회를 하며 방향을
바꾼다. 저편의 수많은 조명 불빛들이 강심의 물살을 흔들면 더욱
커다란 환상이 밀려온다. 그리고 이쪽을 바라보는 인간들의 박수와
환성들. 그리고 이편에서 이어지는 탱고 음악. 탱고 선율에 몸을
내맡긴 인간들의 몸짓들. 취해서 바라보는 나의 시선에 그들은 신의
율동을 내림굿으로 받고 있는 듯하다.

빠리 5구 소르본느 대학 광장 앞엔 까페가 있다. 그곳의 밤엔
아코디언 소리가 하나 퍼진다. 한 젊은 친구가 검정 조끼를 입고 창가
탁자에 앉아 연주를 한다. 전문악사인 줄 알고 나는 동전을 조용히
놓고 나갔다.

그리고 며칠 후 대낮에 들어선 책방엔 그가 점원으로 일하고 있다.
하여서 인사를 한 후, 말을 건넸다. 그의 말인 즉, 낮엔 책방에서 돈을
벌고 밤엔 심심풀이로 아코디언 연주를 그곳에서 한단다. 그리곤
자신을 기억하냐고 묻는다. 해서 난 까페에서 연주하던 너를
기억한다고 하니 반가움에 한껏 두손 모아 합장을 한다. 동양인 나에게
감사의 표시를 하는 것이리라. 자신의 음악을 인정하는 동양인에게
찬미를 하는 듯하다.

인생의 묘약— 음악.

그 점은 그들의 '음악의 날'마다 몇 년간 하염없이 걸어보며 발견한

점이다. 역시 그들도 그러한 잔치상 벌여놓으면 초저녁은 젊은 것들의
세상이다. 하여서 초저녁은 우리 식으로 말해 '뜨내기 유행풍'으로
도배될 수밖에 없다. 그것은 당연히 미국화(americanized)된
국제화(globalization)로 나갈 수밖에 없다.

그러나 어둠이 익기 시작한 새벽녘은 그러한 젊은 것들의 난리밥통,
소음은 수그러진다. 그리고 새벽은 재즈풍 뮈지씨앙들의 속삭임이
조그마한 골목마다 흘러나온다.

그중 내가 본 한 팀이 너무도 인상에 남는다. 나이는 대충
40대~60대였다. 국적은 제각각인 듯했다. 그들은 아주 조그마한
골목, 그러나 운치있는 골목 계단 속에 퍼질러 있었다. 그들의
조그마한 앰프는 아주 자그마한 볼륨으로 호객 행위조차 거부하고
있었다. 그러나 그들의 음악적 수준은 충분히 감미로웠다.

장르는 분명 재즈였고, 그들은 마치 돈을 받고 연주하듯이 하얀 싱글
차림에 하얀 모자를 경건하게 쓰고 있었다. 그리고 그들의 표정은 이미
그들만의 조화 세계를 경배를 하고 있었다. 그리고 그들 앞에선 바로
그들만을 찬미하고픈 남녀들 20여 쌍이 몸을 조용히 흔들며 그들의
가락에 맞추어 음미의 율동을 만들고 있었고……

그리고 너무도 조용했다. 난 그때 비로소 재즈가 무엇을 상징하는지
난생 처음 전율로 느낄 수 있었다.

예술가, 철학자, 그리고 거지들

오페라 극장, 바스띠유 극장, 떼아뜨르 드 라 빌르……

그 외에도 빠리를 빛내는 극장은 많다. 빠리가 유럽의 문화 수도인
만큼 빠리 극장은 전세계의 공연 예술가들이 작품을 올리고 싶어하는
곳. 그래서인지 그곳의 공연장들은 대관료 내고 아무나 공연을 올릴 수
있는 곳이 아니다.

극장장은 그래서 권위가 있을까? 자신의 판단에 의하여 극장의 일년
공연 스케줄을 미리 짜낸다. 누구건 먼저 대관 신청을 하고 돈을 내면
공연장을 빌릴 수 있고, 하루 대관료는 얼마라고 가격표가 정해진 우리
와는 다르다.

그러니 프랑스에선 극장장의 개성과 이념에 따라 극장 특색이
탄생되는 것이고, 관객들은 그 극장의 권위를 믿고 미리 미리 예매권을
산다. 그리하여 공연 당일은 극장 앞에 와봤자 돈 주고도 못 들어가는
공연이 허다하다. 그런 그들의 정책 때문에 오늘도 빠리 예술은 그들의
권위를 유지하며 콧대를 높일 수 있는 것이다.

공상을 해본다. 우리도 극장장 중심으로 연중 기획을 마무리 지어서
공연 단체 및 공연 예술가를 초청하여 무대를 꾸민다.

그리고 일차적으로 그 수익에 의한 경영을 유도한 후, 그 실적에 따라 관객 동원에 성공한 공연 단체에 문예진흥금을 더 많이 지원하는 것이 그 대안이 될 수도 있을 것이다.

또한 수준 높은 작품 및 흥행작을 많이 공연한 극장에 지원을 대대적으로 늘릴 수 있을 것이다. 그리고 능력(흥행적 기획력과 예술적 비전 면에서) 없는 극장장 및 공연 단체는 문예진흥기금의 지원을 굳이 기대할 필요가 없다. 그 기금 또한 국민의 세금부담인 만큼, 국민에 대한 의무를 다해야 한다.

빠리에서는 예술에 경계가 없다. 순수예술이니 대중예술이니— 그런 것은 구분하지 않는다. 지하철역의 연결 통로 및 객차 안에서 수많은 음악가들이 다양한 음악을 연주하고 있기에 빠리는 독특한 정취를 한층 더 발하고 있다.

한마디로 자기가 좋아서 거리로 나선 것이다. 남미의 전통 악기를 연주하며, 사라진 잉카제국의 혼을 발산하고 있는 페루 사람들. 그들은 행인들에게 자신의 CD를 팔고 있다. 지하철 연결 통로는 나지막한 굴 모양으로 꾸불꾸불하다. 음악당보다 더 훌륭한 울림통이 되기도 한다. 그곳에서 통기타를 둘러 맨 흑인 처녀는 독특한 허스키 목소리로 흑인 솔 음악을 들려준다.

그녀 때문에 땅굴 통로는 오고 갈 틈이 없어지지만 그 누구도 인상쓰지 않고 천천히 걸어간다. 집안 대대로 내려온 듯한 이상한 하프를 지하철 역사에서 연주하는 뚱뚱이 중년여인. 지하철 객차 안에서 홀로 '지붕 위의 바이올린'을 연주하는 중년 사내. 지하철 플랫폼에 앉아서 거지들과 함께 담소를 나누며 섹스폰을 부는 사나이. 그리고 옥쎄이 박물관이 끝나는 저녁 무렵마다 광장에서 클래식을 연주하는 5인의 젊은 음악도.

그들 모두가 소중한 그 도시의 음악 자원인 셈이다. 그렇기에 빠리는 예술이 살찌는 도시인가 보다. 빠리 지하철엔 술 취한 거지도 많지만, 훌륭한 예술가도 많다. 그들을 바라보며 나는 생각한다. '행동하는 거지와 행동하는 철학자와 행동하는 예술가는 무엇이 다를까?'

서울의 지하철을 생각한다. 굳은 표정으로 지하철을 기다리는 사람들. 객차의 의자에는 온통 조는 사람들. 쉬지 않고 열심히 영어를 읊조리는 열차 속의 안내방송 스피커. 말세가 왔다고 쉰 고함 지르는 양복 차림의 아저씨. 그 풍경 속에서는 이런 의문이 떠오르지 않았다. 그-렇-다. 생각할 여유조차 없어서.

사는 게 팍팍하여 생각할 여유조차 없었던 이런 질문이 빠리에선 왜 자꾸 자꾸 스쳐가는 걸까.

뭐 좀 화끈한 것 없나?

나의 친구, 안동규란 인간이 있다. 그는 '박봉곤 가출사건'도 만들고 안정효 선생의 '헐리우드 키드의 생애'를 영화화했던 잘 나가는 영화제작자 신세대이다. 영화 제작 및 기획이란 것, 나에게도 그런 세월이 있었다. 지금 와서 생각하니 '장자'의 나비 꿈인 것 같다.

한편의 영화를 만들기 위해서 소재를 찾으러 궁리하는 것부터 시작하여 이게 돈 될까, 저게 돈 될까, 하느님도 알아맞출 수 없는 한국 젊은 관객(10대, 20대)의 입맛을 헤아리자니 늘어나는 것은 잔대가리요, 그렇다고 돈만 벌어들일 소재를 생각하다 보면 예술가라는 얄팍한 양심은 삼천포로 빠지기 마련.

게다가 막상 촬영단계에 이르러 연기자 및 스태프 40~50명 갖춰 돈 주고, 밥 먹여주며 한편의 영화를 만들어놓기까지 보통 1년 넘는 기간이 걸린다. 그 정성을 기울였건만 세상은 박정(薄情)하여 3주 동안 극장이란 도박판에서 족보 안 나오면 완전 꽝이 된다. 책처럼 서점에 꽂혀서 꾸준히 읽히며, 두고두고 음미되고 평가되는 것도 없다.

하건만 평론가나 기자양반들은 제작자의 이런 심정은 나 몰라라 하는 듯 박토에서 만든 우리 영화에 인색하기 그지없다. 미국영화보다 화끈하지 못하다는 둥, 예술성과 작품성 사이에서 타협했다는 둥, 요즘 관객(대중)은 정확하니 흥행 안된 영화는 작품성이 없는 영화라는 둥. 예나 지금이나 '나쁜 친구들'만 난무한다. 인색한 구경꾼이며 전문적인 훼방꾼들. 어쨌든 동규 그 친구는 그런 영화판을 잘도 헤쳐나가기에 대견스런 '좋은 친구'이다.

유럽에서 그를 다시 만났다. 우리 사이는 그야말로 영화인 동료치곤 막 나간다. 대학시절부터 문화원 들락거리며 영화를 떠들기 시작한 불알친구이기에 지금도 만나면 주로 원색적인 언어로 인사를 시작한다. 그런 우리 사이지만 그래도 타국 땅 프랑스에서 그를 만나는 감회는 색달랐다. 헌데 문제는 영어라곤 중학교 3학년 수준도 못 된채, 불어라곤 깡통인 채(그의 주특기는 일본어임) 아미앵의 영화제에 초대받아 제작자랍시고 덩그러니 혼자 날아온 것이다.

물론 나도 영어를 다 까먹었고, 불어 실력이라곤 '철수야 영희야 같이 놀자- 바둑아 너도 놀자' 수준이지만 그래도 그 친구가 안쓰러웠다. 흥행에 팍팍 성공하여 영화제에 초대되는 제작자들이야 펑펑 돈 쓰며, 파티하며, 통역을 붙이겠지만, 그놈은 국내에서 그런 흥행 성공까진 누리지 못한 채, 좋은 한국 영화를 만든 게 죄라고 코페어 이곳까지 초청받아 온 것이었다. 어쩔 수 없이 며칠 후 나는 기차를 타고 아미앵까지 갔다.

역 앞엔 동규란 놈이 쓸쓸히 홀로 서서, 친구인 나와 내가 꼬셔간 후배를 기다리고 있었다. 그렇게 3인조는 아미앵 역에서 만났다. 아미앵 역은 들판처럼 한적했다. 그래도 우리는 반가워서 싱글 벙글거렸다. 이윽고 안동규의 설움이 터져 나왔다. 조국을 그리는 만주땅의 독립투사처럼.

"야― 정말이지 말도 안 통하고 답답해서 서울 가고 싶어 죽겠다. 회사에서 애들은 어떻게 어음 해결하냐고 아우성이고."

그 쓸쓸한 모습이란. 하여간 우리는 '헐리우드 키드의 생애' 개막 시사회를 기다리며 낮시간을 때울 겸 아미앵 시내로 발길을 옮겼다. 전형적인 농촌 도시인 듯한 아미앵에 어울리지 않게 너무도 큰 성당이 시야를 막아섰다. 그 자체가 나에겐 알 수 없는 신비였다. 빠리나 밀라노처럼 상업도시도 아닌, 조그만 농촌인 이곳에 이렇게 큰 성당이 있을 필요가 있었나?

그런 흥분감에 후배와 내가 성당 안으로 향하려는 찰나, 개구쟁이 안동규의 명언이 흘러나왔다. "이놈의 유럽은 어딜 가나 성당 아니면 박물관밖에 볼 게 없잖아. 뭐 좀 화끈한 거 없나?"

대한 건아의 입에서 나올 수 있는 가장 정확한 발언이었다. 며칠 동안 절간같이 조용하고 낯선 곳에 홀로 버려진 그로선 당연히 터져나올 불만이었다. 맞다. 유럽은 어떤 면에서 과거에 유폐되어 산다고 할 수 있다. 사람이 사는 주택들도 몇 년 정도가 아니라 몇 백 년까지 거슬러 올라가는 것들이 많다.

오나가나 별별 박물관들이 펼쳐진다. 동전 박물관, 해양박물관, 교통박물관, 의상박물관, 향수박물관……. 이루 다 셀 수 없을 만큼 많다. 게다가 오나가나 유서 깊은 중세의 성당들이 버티고 서 있다. 그러니 볼거리가 그것뿐일 밖에.

오늘날 유럽인들은 열심히 성당에 다니는 것도 결코 아닌 듯하다. 과거에는 카톨릭과 관계를 뗄 수 없는 역사였지만 현재는 전혀 그렇지도 않다. 한마디로 말하자면 수지타산도 안 맞는 미사를 올리고 있는 셈인 것이다.

정말이지 아미앵이란 도시는 겨울 저녁 5시쯤 해가 지면 거리에 걸어다니는 사람도 없고, 열린 가게들도 없는 절간 그 자체였다. 담배가게야 당연히 이미 문 닫았고, 몇몇 까페와 중국 요리집 빼곤 조용하다. 동규 왈 "전부 헐어버리고 성당 자리엔 노래방 만들고, 박물관은 룸싸롱이나 디스코텍 지으면 도시가 훨씬 살맛 날 것"이란다. 이렇게 답답한 도시에 며칠 동안 동규 혼자 내버려 뒀으니, 얼마나 외로웠으면 쯧쯧쯧…….

유서 깊은 유럽 도시의 모습은 이렇다. 그들은 그렇게 조용히, 우아하게 산다. 하여간 그날 난 동규의 소원대로 아미앵에서 화끈한 것을 하나 보았다. 안동규가 제작한 '헐리우드의 키드'라는 좋은 한국 영화를.

다다미와 멍석

개선문과 꽁꼬드 광장 사이를 잇는 일직선 넓은 길이 샹젤리제 거리이다. 내가 관찰한 바로는 빠리 '샹젤리제' 거리를 따라 운행되는 시내버스는 단 하나뿐이다.

샹젤리제 거리는 관광국가 프랑스, 낭만적 빠리의 얼굴이기에 소음과 공해를 없애기 위하여 모종의 그런 조치를 취하지 않았나 싶다. 그렇다고 거기 오려면 전부 택시 타라는 식은 아니다. 당연히 가장 중추적 지하철 노선(1호선)이 정확하게 샹젤리제 거리의 지하를 관통하고 있다.

샹젤리제의 역사적 변천, 상권의 규모, 그곳의 땅값 같은 건 나도 모른다. 내가 추측하는 것이라곤 히틀러도 개선문을 통과하여 샹젤리제 길을 들어왔을 것이다. 점령군으로서.

그는 그곳에서 자기 군대의 사열을 받으며 행복한 미소를 지었을 것이다. 그러나 그 길 밑의 지하에 프랑스 저항세력인 레지스땅스가 숨어서 칼을 갈고 있는 것을 몰랐을 것이다. 왜냐하면 프랑스의 지하철 연결통로는 그야말로 두더지굴이다. 이리 꼬불, 저리 꼬불이기에 당시 잘나간던 독일 나찌도 그곳에선 완전히 헤매었고, 프랑스

레지스땅스들은 그 미로 동굴에서 역습을 노리고 있었으리라. 결국은 레지스땅스 드골이 다시 해방군으로 개선문을 통과하여 샹젤리제를 들어왔던 것이다. 지금도 매년 그 길을 따라 화려한 군사 퍼레이드가 열리고 있다.

간단히 소개하자면 우리의 여의도 광장 같은 길의 양옆으로 명동 및 압구정동 상권이 펼쳐지는 지역이고, 도시계획적 측면에서 수도의 중추신경이기에 이순신 장군의 동상이 있는 세종로 같은 성격까지 한 몸에 갖고 있다. 그러나 프랑스인들은 샹젤리제를 별로 좋아하지 않는다. 한마디로 까페의 커피값이 말도 안되게 비싸고, 길거리 상가를 따라 싸돌아다니는 뜨내기 외국인들이 너무 많아서 자기 땅 같지 않아서이리라. 수많은 외국인들이 사진기에 비디오카메라 들고 다니기 바쁜 곳이요, 그들을 상대로 프랑스의 비싼 물건들만 모이는 집산지이다.

이곳에서 가장 인기 있는 민족은 일본인이다. 이유야 돈 많기 때문. 돈으로 말할 것 같으면 미국이 빠질 수 없지만, 미국인에겐 빠리는 그들과 같은 문명권이다. '백인문명권'. 그러니 그렇게 신기할 것도 없고, 신기한 것도 없는데 비싼 돈주고 물건을 살 리 없다. 그러나 일본은 다르다. 문명권이 다르니 신기한 것이 많을 것이요, 가진 건 돈밖에 없으니 사야 할 것이다. 샹젤리제를 중심으로 뻗어나가기 시작하는 고급 브랜드의 의상점들은 동양인에게 친절하다.

샹젤리제에 있는 상점에 들어가면 힘들게 불어할 필요도 없다. 영어, 일어를 기꺼이 사용하며 세계 각국 여행자들을 반긴다.

옛날 본 한국 영화가 생각난다. '바람불어 좋은 날'.

논두렁 밭두렁 뒤엎어 한창 개발중이던 서울의 강남에 도착하여 돈 벌겠다던 순박한 세 청년의 이야기. 장괘집의 철가방, 여관집의 조바, 변태 이발소의 세발 과장.

그들도 일찍이 샹젤리제의 상업논리를 터득했나 보다. "껌둥이도 OK, 양놈도 OK, 쪽발이도 OK—."

뼈대있는 프랑스인들도 얼씨구나 반기는 일본인. 돈이 좋긴 좋나 보다.

'다다미 샷'이란 게 있다. 일본의 장판인 다다미란 단어와 영화의 '한 컷, 한 컷' 할 때의 뜻인 샷(shot)의 합성어로서 아마도 서양 영화인들이 일본 영화의 독특한 스타일을 발견해내어 붙여준 말이리라. 그렇지만 그들은 왜 우리나라 영화를 보며 '장판 샷'이니 '멍석 샷'이니 하는 멋진 말을 붙여주지 않았을까? 그 이유는 두 가지로 추정될 수 있을 것이다.

첫째, 일본 영화에 비해 한국 영화가 수준이 떨어지기에 도저히 봐줄 수도 없거니와, 본다고 한들 한국 영화에선 뭔가 독특한 그들만의 영상언어가 없더라는 것이든지.

둘째, 관심갖고 달라들어 보았자 먹자할 것 없는 동네의 이야기요, 남들이 관심 안 기울일 동네 이야기이니 한국 영화엔 접근 말자. 멍석 샷이 있다 한들 나서서 떠들어보았자 내 입만 아프지, 내 출세에 좋을 게 없지 않은가. 하지만 언젠가 한국이란 나라가 뜨면 그 동안 꼬불쳐 놓은 멍석 샷이란 말을 목이 터져라 외쳐야지. 멍석 샷, 멍석 샷— 내가 제일 먼저.

솔직히 진짜 이유가 전자인지, 후자인지 함부로 단정하기 힘든 입장이다. 다만 샹젤리제에서 일본인에게 밝은 미소를 파는 옷장사들이 오히려 영화를 평론하는 그들보다 나은 거간꾼들이라는 것 밖에는.

달마가 서쪽으로 간 까닭은

'달마가 동쪽으로…'를 제작, 연출한 배용균 교수가 떠오른다.
그는 스위스 로카르노 영화제에서 명실상부 최고상인 황금
레오파드(표범)인가 하는 그랑프리상을 거머쥐게 되었다. 80년대
후반의 일이다. 갑자기 모두가 깜짝 놀래버렸다.

배용균이가 뭐고, 달마가 누군지를 몰라서 기자들과 영화 관료들은
아마 한참 고생했을 것이다. 상부에 보고를 하긴 해야겠는데……
특집기사를 쓰긴 써야 하는데…….

그럴 때일수록 매스컴은 멋도 모르고 뻥튀기에 정신없기 마련. 한국
영화계의 쾌거이니, 세계 속에 우뚝 선 한국의 종합예술이니―.

그렇다. 배용균 교수의 달마는 엄청난 일을 저지른 것이었다. 86
아시안게임과 88 서울올림픽을 즈음하여 백인 서양문명은 한국이란
동양문명권에 도대체 어떤 독특한 문화가 있는지 궁금해지기
시작했다. 그런 궁금증은 그들도 깜짝 놀란 우리의 경제적 도약 때문에
싹튼 것이고, 그렇게 문화적 호기심이 발동하였으리라.

그런 분위기 속에서 한국 영화에 대한 그들의 발굴 작업은 이미
시작되었고, 몇몇 감독들이 '발굴'되어 작은 상을 받고 돌아오기

시작했던 것은 달마 이전의 일이었다.

그런데 그 상들은 주로 여자 배우 상이거나, 평론가상, 혹은 아주 더 큰 특별한(?) 상이었다. 한마디로 시민 콩쿠르 대회에서 안타깝게 3등, 혹은 장려상 혹은 예선통과만 하고 있었을 뿐이다. 희한한 문명권의 영화를 그들이 발굴했기에 뭔가 상을 주어 분위기를 새롭게 만들려는 것이 그들의 의도일 텐데, 그런 의도로 계속 발굴해보았자 대물(큰 물건)이 안 나오고 있었다는 얘기다. 그런 와중에 달마가 터져버린 것이다. 첩첩산중 휴양도시 로카르노에서.

정말로 그랬는지 모르겠고, 그렇게까지 했다곤 지금도 믿어지지 않지만, 배용균 교수가 상을 거머쥐고 한국으로 입성하는 날— 누구는 시청 앞에서 카퍼레이드 환영대회도 보았다고 한다.

어쨌건 나는 방구석에서 배꼽을 잡고 데굴데굴 굴렀던 것 같다. 달마가 어떻게 한국 영화계의 쾌거가 될 수 있나? 언제 한국의 영화계가 '달마…'라는 영화를 찍는 줄 알고나 있었던가?

내가 저널리스트라면 이렇게 썼을 것이다. '달마는 한국 영화 역사의 쿠데타요, 달마의 쾌거는 한국 영화계의 사망선고'라고.

1년에 100편씩이나 한국 영화를 쏟아내던 한국 영화 제도권, 그리고 그 뒤편에 건재한 영화 정책. 그것과 달마는 우연히 지나치며 눈인사조차 하지 않았던 독특한 경우였다. 배 교수가 제작, 각본, 감독, 촬영, 조명, 녹음, 소품, 제작 지휘한 달마는 그런 영화였다.

그는 잘나간다는 영화계의 스타 배우나 조연배우조차 기용하지 않았다. 또한 달라붙었던 영화계의 촬영, 조명의 전문 스태프조차 도중에 혀를 내두르고 사라졌고, 결국 바통을 이어받아 배 감독이 직접 촬영을 했다. 그것도 자신이 갖고 있는 35밀리 영화 카메라로!

한국의 메이저 영화사들은 누구나 촬영기재를 대여받아 촬영했건만 이점도 드문 케이스였다. 하긴 촬영기사조차 제대로 붙지 않은 제작 현장에 비싼 촬영기를 대여해줄 기관이나 렌트점은 지금도 없을 것이다. 그러니 그는 자신의 카메라로 자신이 촬영하며, 자신의 꼬마(?)들을 불러와서 조명기계 좀 잡고 있어라, 했을 것이고, 그 중에 좀 똑똑한 꼬마에게 소형 나그라 녹음기 쥐어주며 이렇게 하면 녹음이 된다고 가르쳤을 것이고…… 혼자서 한 편의 영화를 제작, 연출했다는 말이 된다.

그와 영화계와의 조우는 촬영 후 후반작업에서 이루어졌다. 즉 녹음실과 현상소에서. 당시 영화진흥공사에서 이루어졌던 이 작업에 참여했던 실무자들은 고개를 설레설레 흔들었다. "배 감독이라는 사람은 정말 괴물같이 집요한 사람이었고, 작업과정 속에서 대충 넘어가는 적이 없었다. 아주 집요해서 우리의 작업은 일곱, 여덟 번 반복된 적도 있었다. 그런 후 그는 완성된 필름 깡통을 들고 영화 진흥공사 문을 나섰다. 심히 불만스런 표정으로—. 하여간 괴상한 사람이었다."

그 자신의 영리함이었는지, 극장주들의 무관심 때문이었는지 그 영화는 한국에 개봉도 안된 채 스위스 산 속으로 날아갔다. 즉 한국의 어떤 영화인도 그 영화를 말할 수는 있었을지 몰라도, 그 영화를 본 사람은 지극히 없었다.

이렇듯 괴상하게 제도권 영화계와 조우를 하지 않은 영화가 한국 영화 역사의 큰 문단을 써내려 갔고, 화려한 은막의 한국 영화계를 종쳐버렸다. 막까지야 내리려 하지 않았겠지만.

대종상 여우 주연상이 그러하니 당연히 세계 유명 영화제도 여우 주연상이 대빵이리라고 생각하던 어여쁜 백성들은 희한한 큰 종소리에 깜짝 놀라버렸다.

그리고 그 종소리를 확인하러 을지로에 모여들었다. 명보극장 앞으로. 근엄한 표정으로 극장 문을 나서며 근엄한 독백들을 했을 것이다. '달마가 동쪽으로 간 까닭은 포스트맨이 종을 두 번 울렸기 때문인가?'

장군의 세 아들

모 케이블 방송사.

확대 간부회의가 한창이다. 대리급 이상이 모두 모였다. 다들 넥타이 매고 수첩들 들고. 노곤한 오후였다. 사장님도 노곤하셨던 모양이었다. "다들 서편제 보았어? 나도 참 오랜만에 한국 영화 보았는데― 역시 좋은 영화더군. 이제 한국 영화도 국제시장 내놓아 손색이 없겠어. 아직 안 본 사람 있으면 다들 봐."

이렇게 '서편제'는 국민영화가 되었다. 누가 보고, 누구도 보고, 난리들이었다. 누구는 말한다. "한국 영화에 손님이 몰리는 것은 참으로 바람직한 것이라고."

나는 말하고 싶다. "어차피 우리는 한국사람이고, 한국은 특수한 땅이기에, 결국은 한국 배우가 나오고 한국 풍경이 온통이고 한국말로 시원하게 대사 쏟아지는 한국 영화에는 한국사람이 몰리기 마련이니, 너무 한국 영화 신경쓰지 마시고, 딴 데나 신경쓰시라고."

그렇다. 한국사람이 한국 영화 보는 것은 당연한 것이다. 당연한 걸 왜 조바심으로 칭찬하나? 아무리 피자 집이 법석이고, 햄버거 집이 우뚝 솟지만, 그렇다고 뒷골목 된장국 집과 냉면 집이 문 닫을 리 없다.

한국말보다 영어가 편하고, 한국 풍경보다 서양 풍경이 낯익은
세대들로만 한국 땅이 채워지기 전까지는 한국 영화가 있기 마련이다.
　문제는 딴 곳에 있다. 무엇이 서편제를 폭발케끔 이끌었을까?
서편제 신드롬은 정말로 아무도 분석할 수 없는 독특한 대형사고였다.
어쩌면 제작자도 감독도 어안이 벙벙했을 것이다. 내 나름대로 그
현상을 벙벙하게 분석해본다.

　현재 한국 최고의 간판 감독이 된 임권택 감독님(나의 사부님
이시기에)은 한국사회가 발굴하여 평가해준 감독이 아니다. 서양이
그를 먼저 인정해주었고, 그때까지 우리 대중은 임권택이라는 세
글자를 몰랐다. 참으로 이것은 대단한 출발점이 되는 것이다. 한국
땅의 대중은 뒷북치기 명수인 셈이다. 항상 앞북은 서양이 먼저 치고
지나간다. 그런 후 우리는 몰려다니며 함께들 뒷북치느라 난리다.
　정기적으로 계속 영화 연출을 하고 있는 '현역 감독' 중에서 최고령인
임권택 감독님은 불과 10여 년 전까지만 해도 한국 영화계의 찬밥
신세(?)였다.
　86년 추석프로로 개봉된 '티켓' 때부터 그는 변신을 추구한다.
그렇게 할 수밖에 없었던 이유는 '영화법'의 개정 때문이었다. 박정희
정권때 강화된 영화법은 통제와 독과점을 핵심으로 한 법이었다.
　박대통령의 통치 18년간 한국 영화사들은 태평성세를 누렸다. 스무

개 남짓한 영화사만을 정부 승인의 합법적 '한국 영화 제작사' 겸 '외국 영화 수입사'로 독점시켜 놓는다. 그러면 그 영화사들에 1년에 한국 영화 4편을 제작해야 한다는 의무조항이 내려진다. 그 의무조항으로 한국 영화 제작은 지속되었다. 그래서 1년에 90여 편이 자동적으로 나오게 되는 것이다.

그러면 정부는 그 허가된 영화사들에게 외화를 1편씩 수입할 수 있는 권리(딱지)를 일년에 하나씩 준다. 그 딱지야말로 영화사 사장님들이 군침 흘리는 꿀단지였다. 그것이 없으면 아무리 돈이 많아도 외국 영화를 사들여 올 수 없기에. 이름하여 '외화 수입 쿼터'.

그런 와중에 희망의 돌출구를 발견한다. 매년 시상되는 대종상에서 분야별 작품상을 받는 영화를 제작한 영화사에게 위와 별도로 1개씩의 '딱지'가 더 주어진다는 재미있는 규정이 생긴다. 당시의 대종상은 이랬다. 이름하여 반공, 계몽, 문예부문에서 상을 받으면 각각 시가 3~4억짜리 외화 수입 딱지가 생긴다는 것이었다.

반공, 계몽, 문예 라는 딱딱한 틀에 대종상은 갇혀진 셈이고, 당시 3~4억이라는 엄청난 표준 시가는 외화만 갖고 오면 알아서 들어오는, 고생 없는 이윤의 평균치였다.

갖고 들어온 외화에 대박이 터지기 시작하면 그 액수는 3~4억 정도가 아니라 10억도 될 수 있는 해프닝 같은 세월이었다. 어차피 외화 시장은 법적으로 엄격히 통제되고 있으니, 제대로 된 외화를 제값

주고 들여와 정해진 표준가격 받는 것보다는, 고양이 한 마리 들여와서 붓칠 좀 해서 호랑이로 팔 수 있던 시절이기도 했다.

지나고 생각하니 붓칠 잘하던 그들이 외화 절약한 애국지사였던 시절, 정말로 호랑이 담배 피우는 것이 아니라 고양이 붓칠 하던 시절이었다. 그런 영화법에 의하여 구제되었던 당시 찬밥 감독이 지금의 거장 임권택이었다.

영화사 입장에선 울며 겨자 먹기 식으로 일년에 3~4편의 한국 영화를 제작해야만 했다. 그래야만 외화 딱지가 나왔으니. 하여서 그들이 생각한 전법은 이렇다. '어차피 한국 영화는 정성 들여 만들어 보았자 흥행 성적이 신통치 못한 것이니 1편 정도는 좀 제대로 가고, 나머지 2~3개는 최저의 제작 단가로 대종상이나 노리는 영화를 만들어 외화 딱지나 얻자. 대종상은 나랏님이 주는 상이니 나랏님 구미에 맞는 애국애족과 반공 구호로 밀어붙여 보자. 그래서 그 영화가 대종상 물어오면, 제 몫은 끝나는 것이고 상황 끝. 그런 거 극장에 붙여보았자 흥행은 뻔할 뻔자이니 선전은 적당히 조금 하고, 학생들이나 단체동원 시키자.'

이렇게 영화판 구조가 짜여지니 우리의 한국 영화는 80년대 초까지 우중충한 기류였다.

임권택 감독은 그런 기류 속에서 그나마 '좀 제대로 만드는 한 편'을 맡은 감독이 아니었다. '최저의 제작 단가로 대종상 반공부문이나 계몽부문을 노리는 임시 수색대의 중대장'이었다. 그런 열악한 상황 속에서 인간은 강해지기 마련인가?

임 감독은 영화정신에 충실하려 칼을 갈며, 자신에게 주어진 반공, 계몽, 문예라는 틀 속에 파묻혀 있을지도 모르는 인간성과 민족성을 찾아 수색 임무를 나선다. 그런다고 어떤 사장이 개런티를 더 줄 리도 없고, 그런다고 그가 만들어낸 영화에 관객이 많이 든다는 기약도 희미했지만……

하여간 그는 집요했고, 그런 한심한 현실 속에서 꿈틀거렸으리라. 그렇게 그가 악전고투한 영화가 대종상만 덜렁 받고, 예상대로 극장 개봉조차 되지 않던 시절이 오래 계속되었다. 때로는 촬영을 떠나는 자신의 팀에게 지급되는 촬영필름이 400피트짜리 새 깡통이 아니라 다른 팀들이 쓰다 남은 필름 잔여분들을 덕지덕지 받았다고 한다. 코닥필름 조각, 후지필름 조각, 아그파필름 조각……. 이 정도면 더 자세한 이야기는 말해 무엇하랴. 그만큼 찬밥신세로 버티어왔던 것이었다.

그런 그에게 서광이 비추기 시작한 것은 외국의 영화 관계자들과 외국의 영화 평론가들 덕분이었다.

80년대 초반부터 그들은 서서히 한국에 잠입하기 시작했으며, 한국 영화가 얼마나 자기 색채와 자기 세계를 갖추지 못한 채 양산되는지를 보고 적지 않게 혀를 내둘렀을 것이다. 물론 그들이 영화를 대하는 관점은 오락이 아니라 작가의 예술로 보기 마련이었고, 그래서 임 감독은 눈에 띄기 시작했다. 몇몇의 다른 감독들과 함께.

그리고 세월의 흐름 속에서 그 몇몇의 다른 감독들은 서양 영화 평론가들의 관찰 대상에서 멀어지기 시작했다. 이유는 간단하다. 예술영화같이 보이는 것을 만들어보았지만, 흥행이 안 되니 그들은 다시 고객만족(?)을 찾아나서 오락영화를 향하여 돌진해 들어갔고, 그런 면들이 외국인들에게는 심히 난감한 현상으로 다가왔다.

하여간 외국 평론가들은 화면 속의 배우를 보는 것이 아니라, 화면에서는 보이지 않는 감독(작가)의 숨결을 중시하는 별종들이었다. 우리 관객들은 감독 같은 것 별로 신경 안 쓰고도 재미있게 영화 볼 수 있건만! 주인공이 죽으면 주인공이 불쌍할 뿐이지, 감독이 왜 주인공을 죽였는지 신경 끄고 보아도 행복하건만!

하여서 그 별난 사람들은 영화감독을 작가로 보면서, 작가의 세계관과 예술관을 음미한단다. 그러니 그들의 입맛에 맞는 한국 영화감독이 어디 많겠는가?

그렇게 힘들여 그들이 발굴한 감독이며, 국제영화제가 주시할 수 있는 한국의 감독이 임권택이다. 그들은 우리의 흥행 풍토가 외면한 '족보' '안개마을' '짝코' '만다라' '길소뜸' '씨받이' 등에서 '작가' 임권택을 발견했고, 그를 북돋워주었다.

우리의 기자와 평론가들은 이 부분에서 고개 숙여야 할 것이다. 모두다는 아니었다고 고함치겠지만. 그 부분에선 '관객'이란 이름의 대중들도 양심 석방이 될 수 없을 것이다.

별볼일없이 극장 간판 내렸던 '씨받이'가 베니스에서 상 받고 오자 서둘러 다시 개봉관에서 상영되었고, 갑자기 수많은 문화인들이 그때서야 영화를 보러 몰려오는 해프닝이 또 일어나게 된다.

이런 사이에 '아제 아제 바라아제'의 강수연이 모스크바 영화제에서 여우 주연상을 받게 되고, 역시 우리는 여우 주연상에 약한지, '세계적 여자 스타 제조기'라는 애칭으로 임권택 감독은 본격적으로 신문과 TV의 연예오락란을 장식하게 된다.

그런 와중 임권택 감독은 본격 대작을 준비하는 즈음이었고, 그것이 잘 안 풀렸던지 난생 처음 쉬어가려고(?) 옛날 기분 발휘하여 다찌마리(치고 박는 싸움영화) 한편 풀어본 것이 '장군의 아들'이 되어 탄생한다.

사람들은 앞을 다투어 장군의 아들 앞에 줄을 서기 시작했다. 세월의 조화인지 대중의 근성인지, 신세대까지도 주먹왕 김두한을 보려고 집을 나섰고, 5천 원을 내고 본 그 영화 속에서 핏속에 흐르는 조상의 기개를 느꼈나 보다. 주먹질과 오입질, 그리고 애국심의 삼박자.

그리하여 장군은 2편, 3편까지 계속되며 애꿎은 여배우들만 갈아 치웠을 뿐이다. 그렇게 신바람난 대중의 물결은 드디어 '서편제'라는 문예 영화까지 밀어닥쳤다. 손자부터 할머니까지 거국적 관심이 극장

안으로 쏟아져 들어왔다.

하여간 '여자 스타 제조기'라던 임권택 감독은 '흥행 제조기'가
되었다. 국민들은 남녀노소 없이 그의 영화가 상영되는 극장 앞에서
춤을 춘다. 덩더꿍 덩더꿍—.

제4장

'힘' 과 '심' 의 차이. '힘' 은 항상 직선운동의 개념이다.
필요이상의 긴장을 의미한다. '심' 은 태초 자연스런 상태의 연장선이다.
곡선 움직임의 개념이요, 필요이상의 긴장이 없다.
그러나 우리는 사회생활이란 스트레스 속에서 '심' 을 점차 잊게 되며
'힘' 까지 동원하여 살려고 발버둥치다가, 결국은
몸과 마음이 '힘' 덩어리가 되어 굳어지고, 추하게 늙어가는 것이다.
나는 느낀다. 그동안 살아오면서 내 몸과 내 마음에
필요이상의 '힘' 이 많이 들어 있었음을.

대한항공 속의 코리안 컬쳐

천 프랑의 차이가 있었다. 한화로는 약 20만원.

　그래서 나는 빠리에서 서울로 직행하는 KAL을 타지 않고, 기왕 고생하는 바에야 암스테르담을 경유하여 서울로 들어왔다. 빠리에서 암스테르담까지는 에어 프랑스 타고, 암스테르담에서 서울까지는 KAL을 타고 들어왔다. 갈아타는 불편함을 예상했지만, 결코 불편하지 않은 여행이었다.

　암스테르담의 공항은 예상 밖으로 무척 거대했다. 그곳이 엄청난 국제 상업도시임을 말해주고 있는 듯 공항 내 면세점의 규모도 매우 컸다. 여행은 낯선 고독감이 몸으로 밀려드는 기쁨이 있기에 암스테르담 공항에서의 '진공의 느낌'도 괜찮은 쾌감이었다. '낯선 곳에서 바보처럼 걷는 기분'.

　그렇게 두 시간이 흘러갔다. 곧이어 KAL기에 올라타게 되었다. 그리운 땅 한국을 가기 위하여. 기종이 다른지 비행기 기내는 빠리-서울간보다 조금 작게 느껴졌다. 암스테르담 공항에서의 서울행 좌석 지정시 나는 흡연석을 청했다.

　빠리에서 이곳까지 타고 온 에어 프랑스는 신통하게도 전 좌석이

금연석인 비행기였고, 슬쩍 화장실 가서 한 모금 하기에는 기내의
분위기가 너무도 조용했다. 일어서는 사람들이 거의 없었다.

오랜만에 서울로 갈 생각을 하니 괜히 담배연기를 많이 뿜고 싶었다.
KAL기의 실내, 나의 좌석은 맨 뒤편이었다. 다행히 좌석들은 드문
드문 비어 있었다.

스튜어디스들이 황급하게 승객들에게 신문을 나누어주기 시작했다.
그리운 고국의 소식, 지겨운 고국의 소식. 분열된 의식이 갑자기
머릿속에서 춤을 춘다. 그러는 사이에 그녀들은 이미 나를 지나쳐
버렸다. 역시 번개같다. 아깝지는 않았다. 어차피 나는 보고 싶지
않았다. 가면 지겹게 부딪칠 것을 미리 보고 싶지 않았기에.

긴장감이 풀리며 잠이 쏟아진다. 귓전에 스튜어디스들의 외마디
소리들이 들려온다. 이미 싸움은 시작되었나 보다. "한 부썩만
가져가세요. 한꺼번에 여러 개 집으시면 다른 분들 못 보시잖아요."

눈을 뜨니 어느새 비행기는 이륙하여 고도를 유지하고 있었다.
고개를 돌려보니 사람들은 빈자리를 이용하여 길게들 누워 가고…….
또한 나의 바로 옆자리에는 어느새 낯선 아저씨가 앉아서 담배를
피우고 있다. 한눈에 알 수 있었다, 그가 누구인지를. 자신은
비흡연석에서 좋은 공기 마시며, 담배 필 때만 뒤로 와서 피우는
얌체족? 아니면 가족들 때문에 할 수 없이 금연석에 끌려갔지만
흡연석에 앉고픈 부득이족?

그러려니 생각하고 눈을 감는다.

확 끼쳐오는 담배연기에 다시 눈을 뜨면 어느새 아가씨가 내 곁에 앉아 눈 껌뻑거리며 흡연중이다. 그 아가씨가 일어서 사라지자 나는 자리를 바꾸어 통로 쪽으로 앉아버린다. 그들의 접근을 막기 위해서.

그 이유는 남의 담배연기 맡기 싫어서가 아니라, 눈감고 사색하는 나의 프라이버시가 그들 때문에 방해받고 싶지 않아서였다. 뒤편 자리 임자들의 마음이 다 나와 같았던지 어느새 얌체족, 부득이족들은 우왕좌왕하더니 통로 뒤쪽에 서서 담배를 피우는 유행이 퍼지기 시작했다.

이와 때를 같이하여 기다렸다는 듯 스튜어디스 두 명이 나타난다. 족집게처럼 흡연 권리가 없는 사람들을 색출하여 자기자리(금연석)로 쫓으려는 작전이 시작된다. 그녀들이 남자 손님들에게 들려주는 협조의 말씀은 그야말로 녹음 테이프처럼 생명감 없이 흘러나오고 있었다.

그녀들의 작전 전략은 이런 것 같았다. '담배 피우는 당신 앞에서 귀따갑게 그만두라고 떠드는 것이 내게 주어진 당번 일이다. 그래도 피우려면 피우고…… 하지만 나는 계속 암구호를 외쳐야겠다. 그게 내 당번 일이니까.'

그녀들은 재미없는 당번 일에 지명된 자기 신세를 한탄하는 듯한 태도로 일관한다. 이러면 어떨까?

"손님 아저씨, 담배 피우시는 모습이 너무 멋있네요. 하지만 저는 아저씨 자리가 어딘지 알거든요. B-57번이시죠? 그 자리가 비흡연석이라서 이쪽으로 오신 거죠? 다음부터는 흡연석으로 앉아주시고요, 오늘은 금연석인만큼 금연을 지켜주세요. 오늘만큼은 담배 안 피우시는 게 더 멋질 것 같네요."

이렇게까지는 아니꼬워서 못할 수도 있을 것이다. 그러면 이 정도면 어떨까?

"손님, 이왕 불 붙이셨으니 딱 세 모금만 피우시고 본래 자리로 돌아가주세요. 죄송합니다만 비흡연석을 원하셔서 그쪽으로 앉으셨으니 참으셔야죠. 12시간 동안 금연하시는 것도 커다란 수행이 되리라 생각하고 금연석 표를 끊으셨죠?"

그러나 이런 대사는 모두 나의 헛된 공상이었다. 그녀들의 말투에선 그 어떠한 감정도 읽을 수 없었고, 그녀들이 뱉는 말의 내용은 계속 반복되는 로봇의 암구호였다. 이런 상황이 3~4시간 계속되었다.

나는 도저히 시끄러워서 눈을 감고 있을 수가 없었다. 정성 없는 설득이 무슨 힘을 발휘할 것이며, 맘만 먹으면 쥐새끼들은 낄낄거리며 뒤로 모여들었다. 그런 와중 드디어 일이 터졌다.

처음엔 나직나직 얘기하던 그녀들도 더욱 짜증나게 되자 모두 들으라는 듯 쩌렁쩌렁 암구호를 외쳤고, '쥐구멍 막고 쥐새끼 쫓으면 고양이를 문다'더니 쥐들은 막판에 쌍소리 같은 말을 스튜어디스에게 튕겨버렸다.

"아! 씨발! 되게 딱딱거리네!"

그 뒤의 상황은 굳이 설명 안 해도 상상할 수 있으시리라. 나도 골초이지만 이렇게 시끄러울 바에야 모든 좌석을 금연으로 하는 게 훨씬 편할 것 같았다. 좌우지간 우리의 KAL기는 서울로 잘만 가고 있었다.

아저씨, 솔직히 말해봐요

프랑스에서 돌아온 날.

나는 무슨 의식 절차처럼 목욕탕(대중 사우나)에 옷 벗고 뛰어 들어갔다. 큰맘 먹고 때밀이를 불렀다. 대중탕 물 속을 객지에서 키워온 내 때로 더럽히고 싶지는 않았기에.

빠리에 있는 2년 동안 나는 샤워밖에 못했다. 유럽에는 대중 사우나가 없다. 돈만 많이 내면 비슷한 것이 있다는 말은 들었지만 한번도 보지 못했다.

들어온 때밀이 청년은 철저한 직업의식으로 나의 몸을 공략하고 있었다. 얼마나 지났을까―. 그 건장한 때밀이 청년, 순박한 청년은 씩씩하게 말을 던졌다.

"아저씨, 때밀이가 손님 때 많고, 적고 신경 쓰진 않지만…… 아저씨 솔직히 너무했네요."

그렇다. 이미 나는 그것을 알고 있었다. 그렇기에 그 청년 앞에 누워서 ―그것도 알몸으로 누워서― 수줍음을 타고 있어야만 했건만……. 그 청년이 밀어제끼는 다음 말이 더욱 가관이다.

"솔직히 말해봐요. 아저씨 어디서 왔어요? 솔직히 한번 말해봐요."

순간 나는 기가 막혔다. 왜 기가 막혔는지 곰곰이 생각해보았다. 그것은 분명히 뭐가 양심에 찔려서가 아니었다. 아마도 그는 내가 무슨 감방에서 나온, 자유를 향해 나온 전직 죄수 정도로 보였나 보다. 그렇기에 뭔가 재미있는 얘깃거리를 내 입에서 유도하려는 강한 호기심. 그건 사실 재미있게 받아넘길 수도 있으련만……. 그의 말투, 그 순박한 청년이 때를 밀듯이 뱉는 그 말투, 그것이었다. 1년 만에 나의 나라에 들어와 내가 처음으로 대하는 낯선 한국인 때밀이. 그냥 넘어가기엔 너무도 거친 말투를 툭— 툭툭— 내게 던지고 있다.

프랑스에서 생활하며 느끼기 시작한 게 하나 있다. 그동안 살아오면서 내 몸과 내 마음에 필요이상의 '힘'이 많이 들어 있었음을. 내가 '힘'과 '심'의 차이를 처음으로 알게 되고, 느끼게 된 때는 프랑스로 떠나기 1년 전쯤부터 알게 된 '한풀'이란 한민족 무예를 접하면서였다. '힘'은 항상 직선운동의 개념이다. 필요이상의 긴장을 의미한다. '심'은 태초 자연스런 상태의 연장선이다. 곡선 움직임의 개념이요, 필요이상의 긴장이 없다.

어머니 뱃속에서 우주의 조화로 태어난 아이들은 '심'으로 호흡하며, 걸음마를 시작한다. 그러나 인간이 사회생활이란 스트레스 속에서 '심'을 점차 잊게 되며 '힘'까지 동원하여 살려고 발버둥치다가, 결국은 몸과 마음이 '힘' 덩어리가 되어 굳어지고, 추하게 늙어가는 것이다. 죽는다는 것은 결국 '힘'의 함정으로 기력이 소진하여 '심'의 조화세계로 편입되는 것이리라.

그렇다. 프랑스 생활을 시작하며 나는 깨달았다. 그들(프랑스인)이 '심'으로 살아간다면 나(현재의 한국인)는 역시 '힘'으로 사는데 익숙해져 있었음을. 아니 더 정확히 말해서 그것은 나의 잘못이 아니라, 우리의 환경이 자연스런 '심'으로 살지 못하게끔 족쇄를 채웠는지도 모를 일이다.

어릴 때부터 우리는 친구를 아끼는 마음보다는 친구가 너를 때리면 너도 맞받아 때리라고 배웠다. 맞고만 집에 들어가면 왜 맞고 들어왔냐고 또 한대 터졌다. 청소년 시절엔 친구도 적이라며 살벌한 교실에서 출세를 향한 입시 공부에만 매달렸다. 입시지옥, 출세지옥.

인생은 살아볼 만한 가치가 있다는 감수성 터득은 학교 교육에 없었다. 막차 타는 놈만 뒤집어쓴다는 부동산 투기로 경제적 부를 축적한 나라이다. 국민경제가 거품이니, 사상누각이니 말도 많고, 탈도 많다. 때려잡자 김일성이었고, 무찌르자 공산당, 까부수자 북괴군이다. 동족이고 뭐고 생각할 겨를도 없다. 생각할 필요도 없다.

때밀이 청년— 그의 억센 말투는 우리의 억센 의식구조를 반영한 것이리라. 나는 그리운 땅, 한국에 돌아와 있음을 다시 느낀다.

"솔찍히 말해봐요. 앗—쒸, 어서 왔어요? 솔찍히 한번 말해봐요."

아줌마, 빨리 줘요

아직도 적응이 제대로 안 된 채, 멍하다. 돌아온 지 한달이건만. 황당하게 크게 보이던 지하철 3호선 열차의 내부는 이제 더 이상 크게 보이진 않지만, 그렇게 촌스럽던 거리 상가의 모습도 편안해 보이건만, 거리의 소음과 사람들의 고함소리는 아직도 얼얼하다.

식당에 들어가 앉는다. 주문을 하고 기다리려면 나의 뒤를 밟으며 들어오는 청년들. 찬물 한 그릇 들고 와서 주문을 받기도 전에, 그들은 멀리 보이는 아줌마를 향해서 먼저 고함 친다.

"비빔밥 하나, 된장 하나."

그리고 이어지는 한 마디,

"아줌마 빨리 줘요, 네—."

역시! 라고 생각하며 나는 머얼리 상념에 빠진다.

빠리의 남쪽 근접마을 말라꼬프, 그곳에서 내가 즐겨간 까페. 그곳에서 나는 처음으로 배웠다. 식당의 써빙 아가씨는 대단한 상징성을 갖고 있다는 것을. 우리의 대통령이 대단한 상징을 갖고 있듯이, 영화배우 최진실이 대단한 상징성을 갖고 있듯이, 야구선수 박찬호가 대단한 상징성을 갖고 있듯이.

말라꼬프의 써빙 아가씨. 그녀는 약간의 매너리즘에 빠진 만껭(마네킹,Mannequin:패션모델)이기도 하였다.

그녀는 주방에 음식을 주문하거나, 카운터에 커피를 주문할 때 '쉐 모아(chez moi)'라는 예쁜 말을 즐겨 쓰곤 하였다. 즉 '나의 집'이란 표현이다. '나의 코너', '내 영역'에 필요하니 내달라는 주문이리라.

즉 그녀가 보기엔 자신이 맡은 코너 쪽으로 앉은 손님들이 귀여운 강아지(?)라고나 할까? 그녀가 폼잡고 내주는 음식을 귀여운 강아지들은 냠냠 소리내어 맛있게 먹어야 하리라.

그런 후 "잘 먹었어요, 아가씨. 오늘따라 더 예쁜데. 그 스커트가 참으로 어울리는군요." 라고 인사하고 나서야 될 것이다.

프랑스의 대부분 식당이 그렇듯, 손님은 그녀가 인도하는 자리를 배정 받아야 한다. 또한 손님은 그녀가 주문을 받으러 다시 올 때까지 기다려야 한다. 심한 경우는 20분을 기다리기도 한다. 그렇게 나타난 그녀는 여성스런 자태와 목소리로 한껏 폼잡고 오늘의 메뉴를 소개한다. 그렇게 어렵게 주문이 끝나고서도 그녀가 접시를 갖다주기까지는 20분 정도 걸린다. 나의 경우 심지어는 45분이나 기다린 적도 있다.

오나 가나 아무한테나 대고 "빨리 빨리"를 외쳐대는 서울의 그들에게 지금 내가 하고 싶은 말은 무엇인가. '프랑스엔 이런 식당도 있으니 좀 조용히 천천히 살자' 는 것이다.

말라꼬프의 식당 아가씨 경우에서처럼, 그곳에 모이는 사람들은 자신이 사장이건, 전무건, 공장 직공이건간에 자신의 직책이 있고, 기쁨이 있듯이 저 써빙 아가씨도 자신의 직책과 자존심이 있다고 인정하기에 손님들은 느긋하게 기다릴 수 있는 것이다. 그들은 상대방을 인정하며 산다.

　우리는 남을 인정하는데 참으로 인색하다. '니가 뭐여― 니가 뭔데 지랄이여' 라는 식이다. 내가 손님이면, 상대방 식당 종업원도 자신의 권리와 책무가 있는 만큼 그(그녀)를 믿고 인정하며 기다려야 하건만, 식당에 들어서자마자 빨리 빨리를 외쳐대는 손님일수록 문을 나설 때는 꼭 한마디씩 한다.

　"아줌마, 요즘 갈수록 왜 이렇게 맛이 없어?"

먼지 묻은 막걸리

돌아온 서울에서 TV를 본다. MBC에서 방영하는 2580이라는 프로가 눈에 띄었다. 참으로 훌륭한 신세대 감각의 살아가는 이야기인 듯하다. 그날은 서울역 앞을 배회하는 홈리스들을 다루고 있는 토막이 있었다. 참으로 눈물나는 조선 땅의 이야기였다. 저걸 다루려고 애도 많이 썼을 듯했다.

대학 나왔다고 자신을 소개하면서 약간 맛이 간 표정으로 거리를 배회하는 서울역 퐁네프의 아저씨들.

대학 나오면 거지 되지 말란 법이 있는지…… 원 참. 별걸 다 학벌로 따지기도 한다. 하지만 한국의 현실에선 '퐁네프의 연인'의 여주인공처럼 부잣집 여자 부랑녀는 존재치 않나? 그렇게 심취하여 보고 있다 보니 은근히 형성되어 가는 조류가 나를 깜짝 놀라게 만들었다. '라면과 막걸리'는 부랑자의 일용양식이다?

물론 그런 나레이션이 정통으로 나오지는 않았다. 그러나 은연중 솥뚜껑처럼 내가 느낀 점이었나? '자라 보고 놀란 가슴 솥뚜껑보고 놀란다'처럼.

그러나 나는 분명히 항변하고 싶었다. 그 두 가지를 사랑하는 나는 거리의 부랑자도 아니고, 아직까지 라면과 막걸리는 우리의 훌륭한 식문화라고. 라면에 굶주려 본 사람은 우리 라면의 위력을 알 것이다. '쫄깃 쫄깃하며 굵은 면발에 매콤한 그 국물 맛'을.

그러나 나는 지금 라면찬가를 지으려 하는 것이 아니다. 막걸리 찬가를 목터지게 외치려는 것이다.

막걸리. 말만 들어도 목이 시원하게 터지는 기분이다. 실은 그 맛을 창피하게도 빠리에서 돌아온 후 깨달았다.

빠리. 그곳에서는 다른 방법이 없었다. 포도주밖에. 그것밖에 없고, 그것이 가장 실용적(싼 것)이니까. 포도주, 그것은 유럽의 술이었다. 우리의 소주처럼 화끈하게 빨리 빨리 취하는 것이 아니요, 실숭생숭 마시다보면 희미하게 취하는 것이 몽유병 같고, 한참을 떠들다보면 말짱 깨는 술이었다.

그리고 돌아온 한국에서 오랜만에 소주를 대하던 순간, 밀려오는 것이 있었다. 이건 아니구나— 라는 느낌!

크게 극복해야 할 우리의 서두름과 빨리 빨리가 그 속에서 고스란히 도사리고 있는 듯했다. 그리하여 인간적인 정취가 느껴지지 않았다. 정취를 느끼기 전에 까무라치는 듯한 성급한 알코올기. 결국 소주는 절제하자 라는 결론을 얻었고, 예전에 그렇게 가깝던 소주를 멀리해야 할 필요성을 느꼈다. 대용품을 찾아 나서기로 했다.

맥주인가? 그러나 맥주는 우리 경제 구조 속에서 너무 비싸다.

'의외로 쉽게 결론이 나왔다. 막걸리—.

막국수, 막장갑처럼 막가는 인생의 상징으로 선입견을 가졌던 막걸리가 너무도 사랑스럽게 다가왔다. 어쩐 일인지 예전에는 보이지도 않던 막걸리가 눈에 띄기 시작한다. 구멍가게 들어설 때마다. 쌀 막걸리. 마셔본다. 촌스럽게 펑퍼짐하게 생긴 막걸리 사발도 여유스럽지만…… 시원한 막걸리는 톡! 쏘는 맛부터 시작된다. 아무것도 꾸미지 않은 선량함이 흐르는 듯하다. 그렇게 선량해서인지 색깔부터 엄마의 젖빛이다. 젓가락으로 휘—휘 저으면 결정체들이 설렁거리며 원을 그린다. 인생무상처럼. 그걸 단숨에 마시면 세상이 확 다가온다. 108번뇌가 되어. 캬—하고 신트림을 하면 인생이 뱃속에서 소화되어버리는 듯한 포만감이 밀려온다.

포도주 즐기는 서양 친구들이 한국에 도착하면 막걸리를 권하고 싶다. 들꽃 같은— 풀잎 같은— 우리 민족의 술이라고 당당히 소개하고 싶다. 이렇듯 갈수록 수준 이하가 되는 나의 입맛이 대견스럽다.

오나 가나 재수있는 내 지갑

프랑스의 시장에서 한 흑인이 팔고 있길래 속 깊은 지갑을 하나 샀다. 값이 너무도 싸서 조금은 망설였다. 그래도 내 맘에 들어 하나 장만했다. 그 흑인의 선한 눈웃음이 너무 아름다워서.

며칠이 지나 개선문 근처 아르쟝띤 역 앞에서의 일이다. 괜히 비틀거리며 다가와선 웃으며, 일본인이냐고 물어보며, 가라데 흉내낸다고 내 몸을 잡아보던 영감 하나. 바보같이 웃으며 그 영감에게 친절을 베풀던 나. 하지만 한편으론 왠지 그런 그들의 과잉 제스처가 역겹던 나.

순간 난 내 몸 속이 비었음을 느낀다. 그 영감의 몸을 돌려세웠다. 그리고 싸늘한 눈매로 그를 붙들어놓은 후 그의 호주머니 속에 움츠린 손목을 뽑아 젖히니 내 지갑이 고스란히 튀어나왔다.

순간 분노가 타올랐지만 이곳은 낯선 땅. 이곳은 나의 땅이 아니었다. 그랬기에 먹살 잡고 몇번 흔들다가 놓아버렸다. 거리를 지나는 백인들이 오히려 나를 이상한 청년 깡패로 보는 눈빛이 역력했기에.

마음 같아서는 길거리에 패대기치고 싶지만, 그는 60대가 넘어선 듯이빨이 모두 빠진 알코올 중독 영감이다. 늙은 쥐새끼 한 마리에 불과했다.

내 손아귀를 벗어난 늙은 하얀 쥐는 냅다 뛴다. 어느새 골목 저쪽으로 사라진다. 길거리에 서서 씩씩거리며 지갑 속의 돈을 세어본다. 그대로이다.

집에 와서야 하나를 발견한다. 500프랑(10만원) 지폐 크기의 커다란 종이 한 장─ 우체국 영수증이 없어졌다. 그 영감은 주머니 속에서 손을 주물럭거리며 가장 큰 한 장의 지폐(?)를 뽑았나 보다. 500프랑 짜리 지폐인 줄 알고서. 빠르긴 엄청 빠른 놈이었다.

하여간 재수없는 늙은이였다. 하여간 그 늙은이도 지지리 재수없는 하루였으리라.

서울 도착한 후 며칠 동안 정신이 없었다. 그리고 밤늦게 탄 지하철. 눈을 떠보니 반대 방향으로……. 아뿔싸!

열차는 북쪽 종점에 도착한 후 다시 방향을 바꾸어 남진중이었다. 창피한 노릇이있다. 순간 허름한 의식으로 뭔가 이상함을 느낀다. 내 허리춤의 벨트 쌕을 바라본다. 아뿔싸─ 지퍼가 열려 있다. 한눈에도 큰 물건은 없어지지 않은 듯.

하여서 조심히, 천천히, 모르는 척 나의 지갑을 열어본다. 감쪽같이 지갑 속의 돈만 없어졌다. 은행카드도 면허증도 주민등록증도 메모

쪽지도 여권도 그대로이다. 나는 감사한 마음이 들었다, 그 착한 도둑님에게! 그래도 당신은 나를 불쌍히 여기사 지폐만 가져 가셨군요.

홀가분한 기분으로 지하철을 내렸다. 밤길을 걸으며 생각한다. 그래도 서울의 소매치기가 휘-얼-씨-인 정답구나.

글을 맺으며

빌 다브레(Ville d´Avray).

프랑스 빠리 근교의 기차역 마을. 대학시절 TV에서

한편의 영화를 보곤 영화감독을 꿈꾸기 시작했다.

프랑스 영화 '씨벨의 일요일'.

비극적이었기에 너무도 아름다웠던 한편의 영화.

그 영화의 무대였던 아브레(Avray) 마을.

이곳으로 이사 온 후에야 비로소 이 프랑스 영화의

원제목(Dimanche en Ville d´Avray)이

이 마을 이름인지 알게 되었다.

내 마음속의 빌다브레 마을에 이렇게 내가 와 있었다…….

아침부터 계속 거친 겨울바람이 휘몰아친다.

창 밖의 푸르디 푸른 잔디가 바람결 따라 물결치고, 창 밖

벽돌 언저리에 있게 마련이던 나의 치즈 조각은 어느새

그곳이 냉장고란 사실을 까먹은 채 바람에 말려

잔디밭을 나뒹굴고 있다.

난생 처음 사본 가루담배와 종이조각.

책상 위에 종이조각을 펼쳐놓고,

김밥 말아야 할 텐데⋯⋯.

먼저 담배가루를 양 손바닥으로 비벼 실밥 뭉치듯 단단히

만들어야 하나?

이리저리 궁리해 보았지만 결국 모양새는

옆구리 터진 김밥이 된다.

가까스로 불을 붙인다.

누런 담배 향에 독하게 취한다. 조―타.

지나온 세월 속 가슴에 쌓아놓은 정답던 이들의 얼굴이

연기 속에 떠오른다.

그들에게 서투른 내 마음을 보여주고 싶다.

황규덕